Unheimliche Geschichten von Peter Stamm: Georg geht bald in Rente. Im Büro wird er schon nicht mehr beachtet, zu Hause wartet kein Essen auf ihn. Er scheint sich langsam aufzulösen und ein namenloser Schrecken erfasst ihn.
Sabrina ist geschmeichelt, als ein Künstler sie anspricht. Aber als sie sich zum ersten Mal als Kunstwerk sieht, schaudert sie.
David möchte eine Bank überfallen. Eine Maske hat er schon dabei, eine Eichhörnchen-Maske. Er wird sie heute aber noch nicht benutzen. Er hat gehört, dass Bankräuber oft wochenlang alle Einzelheiten beobachten, bevor sie zuschlagen. Er beginnt zu lauern.

Peter Stamm, geboren 1963, studierte einige Semester Anglistik, Psychologie und Psychopathologie und übte verschiedene Berufe aus, u.a. in Paris und New York. Er lebt in der Schweiz. Seit 1990 arbeitet er als freier Autor. Er schrieb mehr als ein Dutzend Hörspiele. Seit seinem Romandebüt »Agnes« 1998 erschienen sechs weitere Romane, fünf Erzählungssammlungen und ein Band mit Theaterstücken, zuletzt die Romane »Weit über das Land«, »Die sanfte Gleichgültigkeit der Welt« und »Das Archiv der Gefühle« sowie die Erzählung »Marcia aus Vermont«. Unter dem Titel »Die Vertreibung aus dem Paradies« erschienen seine Bamberger Poetikvorlesungen. »Die sanfte Gleichgültigkeit der Welt« wurde ausgezeichnet mit dem Schweizer Buchpreis 2018.

Peter Stamm

Wenn es dunkel wird

Erzählungen

FISCHER Taschenbuch

Aus Verantwortung für die Umwelt hat sich der S. Fischer Verlag zu einer nachhaltigen Buchproduktion verpflichtet. Der bewusste Umgang mit unseren Ressourcen, der Schutz unseres Klimas und der Natur gehören zu unseren obersten Unternehmenszielen.

Gemeinsam mit unseren Partnern und Lieferanten setzen wir uns für eine klimaneutrale Buchproduktion ein, die den Erwerb von Klimazertifikaten zur Kompensation des CO_2-Ausstoßes einschließt.

Weitere Informationen finden Sie unter: www.klimaneutralerverlag.de

FSC www.fsc.org
MIX
Papier aus verantwortungsvollen Quellen
FSC® C014496

Erschienen bei FISCHER Taschenbuch
Frankfurt am Main, August 2022

Satz: Fotosatz Amann, Memmingen
Druck und Bindung: GGP Media GmbH, Pößneck
Printed in Germany
ISBN 978-3-596-03125-2

Inhalt

Nahtigal

David hatte die Maske mitgenommen, obwohl er sicher war, dass er sie heute noch nicht brauchen würde, eine Eichhörnchenmaske, die den ganzen Kopf bedeckte. Er hatte sie als Kind zum Geburtstag geschenkt bekommen, als er längst keine Lust mehr hatte, sich zu verkleiden, vielleicht, weil er da schon in dem Alter war, in dem es einem vorkommt, als sei man immer verkleidet, auch wenn man es nicht will. Sein Körper war ihm vorgekommen wie ein schlecht sitzendes Kostüm, das seine wirkliche Persönlichkeit, das, was er sein wollte, was er zu sein glaubte, zu etwas Unförmigem verzog. Warum ausgerechnet ein Eichhörnchen, warum nicht ein Wolf oder wenigstens eine Eule? Irgendwann musste er seine Mutter auf die Maske hingewiesen haben, schau mal, das Eichhörnchen, wie süß. Und Jahre später, als sie nicht gewusst hatte, was sie ihm schenken sollte, hatte sie sich daran erinnert und die Maske, ohne viel nachzudenken, gekauft. David hatte sie ein einziges Mal angezogen, an jenem Geburtstag, und seiner Mutter vorgespielt, er freue sich darüber. Danach hatte er sie zu unterst in seinem Schrank verborgen, ein beschämender Beweis dafür, wie wenig sie ihn kannte, wie wenig irgendjemand ihn kannte. Er schielte in die Plastiktüte, die neben seinem Stuhl stand, und musste heimlich lachen, wenn er daran dachte, wofür die Maske nun gut sein sollte. Seine Mutter würde sich wundern, alle würden sich wundern, wozu das Eichhörnchen imstande war.

An diesem Morgen, gleich nachdem seine Mutter zur Arbeit gegangen war, hatte David sich im Geschäft krankgemeldet. Sein direkter Vorgesetzter war in den Ferien, und die Sekretärin hatte nicht nachgefragt, als er gesagt hatte, er sei erkältet. Jetzt, während der Sommerferien, war ohnehin nichts los, und die Lehrlinge wurden mit allen möglichen sinnlosen Arbeiten beschäftigt. Auf dem Dachboden gab es einen unerschöpflich erscheinenden Vorrat an alten Briefumschlägen und Rechnungsformularen, auf die noch die alte Telefonnummer gedruckt war, und wenn gar nichts anderes mehr zu tun war, versammelten sich die Lehrlinge im Sitzungszimmer unter dem Dach, wo es im Sommer muffig und heiß war, und überklebten die alten Nummern mit kleinen Etiketten in Leuchtfarben, auf denen die neue Nummer stand, die auch schon seit Jahren galt. Die meiste Zeit aber ulkten sie herum, halb träge, halb aufgekratzt, oder trafen sich in der Kaffeeküche oder in einem der Sitzungszimmer, immer auf der Hut, von keinem Vorgesetzten beim Nichtstun erwischt zu werden.

David hatte um zehn in der Stadt sein wollen, aber nachdem er im Geschäft angerufen hatte, war er noch einmal ins Bett gekrochen, als sei er tatsächlich krank, und war wieder eingeschlafen. So saß er erst um elf vor der kleinen Kneipe im Außenviertel und schaute zur Bankfiliale hinüber, die in einem Einfamilienhaus untergebracht war. Es war heiß auf dem kopfsteingepflasterten Vorplatz, und die Sonne blendete ihn. Seit er angekommen war, war niemand in die Bank hineingegangen oder herausgekommen, nur zwei Frauen mit Fahrrädern standen vor dem Gebäude auf dem Gehsteig und unterhielten sich. Die Wirtin kam. Sie musste über sechzig sein, aber sie war dünn wie ein junges Mädchen, ihr Haar war blond gefärbt, und sie trug eine hautenge lilafarbene Jeans. Sie öffnete den Sonnenschirm, der neben Davids Tisch stand, und fragte nach seinen Wünschen. Er bestellte einen Milchkaffee. Erst seit er in der Lehre war, trank er Kaffee, nicht weil er den Geschmack mochte, sondern weil alle Kaffee tranken und es irgendwie Teil des Erwachsenseins zu sein schien. Auch Alkohol trank er erst seit kurzem und nur an den Firmenanlässen, von denen es viele gab zu allen möglichen Gelegenheiten, Betriebsausflüge und Sommerfeste und

Weihnachtsessen, auf die David sich zugleich freute und vor denen er sich immer ein wenig fürchtete.

Elf Uhr dreiundzwanzig. Ein Mann in Motorradkleidung und mit Helm betritt die Bank, schrieb er in ein kleines Heft, das er extra zu diesem Zweck angeschafft und mitgebracht hatte. Einen kurzen Moment lang fürchtete er, der Mann könnte dieselben Absichten haben wie er und ihm zuvorkommen. Atemlos wartete er, bis der Motorradfahrer wieder herauskam, sich ohne Eile auf seine Maschine setzte und davonfuhr. Die Wirtin hatte den Kaffee vor David auf den Tisch gestellt und sich zu den Gästen an den anderen Tisch gesetzt, zwei alten Männern und einer alten Frau mit einem kleinen Hund, die, seit David hier war, immer wieder Anläufe zu einem Gespräch gemacht hatten, das jeweils nach wenigen Sätzen erstarb. Die Frau mit dem Hündchen hatte sich schon zweimal verabschiedet und war dann doch einfach sitzen geblieben. Elf Uhr vierunddreißig. Älteres Ehepaar betritt die Bank, schrieb David in sein Heft und merkte, dass er vergessen hatte, die Zeit aufzuschreiben, zu der der Mann mit Motorradkleidung die Bank verlassen hatte. Er ärgerte sich über seine Unaufmerksamkeit, der kleinste Fehler konnte das ganze Unternehmen zum Scheitern bringen. Elf Uhr sechsunddreißig, schrieb er, ein großer Mercedes hält circa zehn Meter von der Bank entfernt vor einem Möbelgeschäft. Eine junge Frau steigt aus. Sie lehnt sich ans Auto, scheint auf jemanden zu warten.

Auf dem Zuckerbeutel stand ein Zitat. Wer Großes versucht, ist bewundernswert, auch wenn er fällt. Seneca. 4. v. Chr. – 65 n. Chr. David wunderte sich immer noch darüber, dass ausgerechnet er, der sich zu Hause keinen Keks genommen hätte, ohne seine Mutter um Erlaubnis zu fragen, diesen Plan ausgeheckt hatte. Seit Wochen, seit Monaten hatte er daran herumgedacht, hatte sich vorgestellt, wie er die Eichhörnchenmaske überstreifte, die Bankfiliale betrat und zum Schalter ging. Er zog die Armeepistole seines Vaters aus der Plastiktüte, richtete sie auf die einzige Kundin im Raum und verlangte von der Schalterbeamtin mit verstellter Stimme das Geld. Geld, würde er nur sagen. Alles. Schnell. Er hatte zu Hause üben wollen, seine Stimme zu verstellen, aber er war sich so blöd dabei vorgekommen, dass er es schnell wieder aufgegeben hatte.

Elf Uhr neununddreißig. Das Ehepaar verlässt die Bank. Die junge Frau läuft auf dem Gehsteig auf und ab und raucht eine Zigarette. David steckte das Notizbuch weg. Die Frau wirkte nervös. Was würde sie aussagen, wenn die Polizei sie befragte? Sie konnte den jungen Mann nicht beschreiben, sie hatte nicht einmal bemerkt, dass er die Bank betreten hatte. Erst als der Alarm losging, hatte sie einen Schritt Richtung Eingang der Bank gemacht und dann einige davon weg. Da hatte sie ihn gesehen, einen jungen, schlaksigen Mann mit Eichhörnchenmaske, blauen Jeans, schwarzem T-Shirt, der auf ein Fahrrad stieg und um die Ecke verschwand.

David stellte sich vor, wie er den Mercedes über eine Landstraße lenkte, die Frau saß neben ihm, er legte eine Hand auf ihr Knie, lächelte ihr zu. Wohin fahren wir?, fragte sie. Nach Frankreich, sagte er, an die Côte d'Azur. Du bist verrückt, sagte sie und lachte, ich habe doch gar nichts dabei. Dann kaufen wir dir eben neue Sachen, sagte er, Geld spielt keine Rolle. Wie viel hatte er in seiner Plastiktüte? Hunderttausend? Zweihunderttausend? Und wenn das Geld aufgebraucht war? Auch an der Côte d'Azur gibt es Banken. Du bist verrückt, sagte sie. Man lebt nur einmal, sagte David und beschleunigte den Wagen. Es ging nicht ums Geld bei seinem Plan, es ging darum, sein Leben in die Hand zu nehmen, um die Freiheit, selbst zu bestimmen, was geschah.

Die junge Frau schaute auf die Uhr. Auch David schaute auf die Uhr. Zehn vor zwölf. Er durfte nicht zu lange hierbleiben, die Wirtin und die anderen Gäste sollten sich nicht an ihn erinnern, wenn die Polizei sich später nach Verdächtigen erkundigte. Er stand auf und ging über die Straße. Im Fenster der Bank hing eine Liste der aktuellen Wechselkurse, Euro, USA, Dänemark, England, Norwegen, Schweden, Australien, Kanada, Japan, lauter Länder, in denen David noch nie gewesen war. Erst jetzt fiel ihm ein, dass er seinen Kaffee nicht bezahlt hatte, und er lief zurück über die Straße. Die Wirtin schien gar nicht bemerkt zu haben, dass er gegangen war.

Am nächsten Tag regnete es. David fuhr wieder in die Stadt. Er hatte von Bankräubern gehört, die den Tatort Monate im Voraus auskundschafteten, jedes Detail notierten, sich Pläne des Gebäudes beschafften, heimlich Fotos machten. Er saß im Bus und dachte darüber nach, was er noch herausfinden musste. Überwachungskameras, schrieb er in sein Heft. Öffnungszeiten. Schalterraum, Fluchtweg. Vor lauter Nachdenken verpasste er seine Station und stieg erst eine später aus. Auf einer Seite der Straße standen kleine schäbige Einfamilienhäuser, auf der anderen eine große Wohnsiedlung mit fünfstöckigen Blocks aus den fünfziger oder sechziger Jahren. Statt zurückzugehen, ging David weiter aus der Stadt hinaus. Der Regen wurde schwächer und dann wieder stärker. Die Straße führte über die Autobahn, und David lehnte sich ans Geländer der Brücke und schaute hinunter auf die vorbeifahrenden Autos und Lkws und fragte sich, wohin sie alle unterwegs waren. Wie lange brauchte man von hier an die Côte d'Azur? Aber er konnte ja gar nicht fahren, er war erst vor einigen Monaten achtzehn geworden und hatte kein Geld für die Fahrschule, geschweige denn für ein Auto.

Er verließ die Hauptstraße und ging durch kleinere Straßen, die zwischen den Wohnblocks hindurchführten. Unter dem Vordach eines der Häuser stand eine junge Frau und rauchte. Sie trug trotz der Kühle nur Jeans und ein dünnes T-Shirt und schien ihn zu beobachten. David wandte den Blick ab. Hier wäre ein gutes Versteck, wenn er untertauchen müsste, dachte er. Er blieb stehen und drehte sich um. Die Frau schaute immer noch zu ihm herüber, und plötzlich fasste er einen Entschluss und ging auf sie zu. Sie verzog keine Miene, schaute ihm entgegen mit vollkommener Gleichgültigkeit. Er fragte, ob hier vielleicht eine Wohnung frei sei. Die Frau schwieg lange, dann sagte sie, hast du keinen Schirm? Nein, sagte David. Ich suche nämlich eine Wohnung. Für dich allein?, fragte die Frau. Wie alt bist du? Ihr T-Shirt war aus ganz dünnem Stoff, und David sah, wie sich ihr BH darunter abzeichnete. Ich bin nicht von hier, sagte er. Ich auch nicht, sagte die Frau. Sie schwiegen wieder, als sei schon alles gesagt oder noch gar nichts. Endlich trat die Frau ihre Zigarette aus, sagte tschüss und wandte sich um. Es wäre schön, hier zu wohnen, sagte David. Ich glaube nicht, sagte die Frau, ohne sich noch einmal umzudrehen, und verschwand im Haus. Durch die Glastür sah David, wie sie die Treppe hochstieg. Er hoffte, dass sie seine Blicke spüren und sich noch einmal umdrehen würde. Sie würde ihn anlächeln und wieder herunterkommen und ihm die Tür aufhalten. Komm doch mit rein. In ihrer Wohnung wäre es kühl und etwas düster. Wir sollten die nassen Sachen ausziehen, sagte sie. Aber ihre Kleider waren ja gar nicht nass.

Die Tische standen noch vor dem Lokal, aber die Stühle waren zusammengeklappt und lehnten an der Hauswand. David betrat den winzigen Raum, in dem es nur eine Theke, einen Zigarettenautomaten und zwei Tische gab. Die Luft war warm und schwer vom Regen draußen. Am Tisch neben dem Eingang saßen wieder zwei alte Männer und eine Frau mit einem Hündchen, aber andere als gestern, als seien dieselben Rollen mit neuen Schauspielern besetzt worden. Auch die Wirtin, die hinter der Theke stand, war eine andere, eine rundliche Frau von unbestimmtem Alter. Könnte ich einen Kaffee kriegen, fragte David. Die Wirtin zögerte kurz, dann sagte sie, ja, ich glaube, einen habe ich noch. Die anderen Gäste lachten. Der war gut, sagte die Frau mit dem Hündchen.

David saß am hinteren Tisch. Am Fenster war ein gehäkelter Vorhang, und er konnte die Bank nicht sehen, aber es wäre aufgefallen, wenn er gleich wieder gegangen wäre. Er trank seinen Kaffee in kleinen Schlucken und schaute sich um. An den Wänden hingen Postkarten, wohl von Stammgästen, Ansichten von Ibiza, Bangkok, Kenia. Auf einem Barhocker lag ein großer Plüschhund, wie man sie an Schießbuden gewinnen konnte, auf einem zweiten ein Stapel mit Sitzkissen. Auf der Theke standen Präsentationsständer mit Lotterielosen. Kleiner Einsatz – großer Gewinn. Ist heute dein Glückstag? Sofort bis zu 250 000 Franken gewinnen. Als David ging, sah er vor der Kneipe eine Friseuse vom Salon nebenan, die im Stehen einen Espresso trank. Wolken, schrieb er in sein Notizbuch, alle Geräusche scheinen verstärkt zu werden von den nassen Oberflächen, das Rauschen der Autos, der Lärm der Vögel, die Kirchenglocken.

Zurück im Dorf ging David auf direktem Weg nach Hause, er durfte niemandem von der Firma begegnen. Zu Hause schaute er ein wenig fern und aß das Brot, das er sich beim Frühstück fürs Mittagessen geschmiert hatte. Am Nachmittag fuhr er mit dem Rad in den Wald. Er hatte die Armeepistole dabei und wollte sie ausprobieren. Munition hatte er keine, es wäre wohl nicht schwierig gewesen, sie zu beschaffen, aber es hätte die Aufmerksamkeit auf ihn gelenkt und alles nur komplizierter gemacht. Er stand mitten im Wald und zog die Pistole aus der Plastiktüte und krächzte mit verstellter Stimme, Geld, schnell, immer und immer wieder. Geld, alles, schnell. Am Donnerstag oder spätestens am Freitag würde das Wetter besser werden. Waren das gute Aussichten? Raubte man eine Bank besser bei Regen oder bei Sonne aus?

Diesmal fuhr David absichtlich eine Station zu weit. Immer noch Regen, schrieb er in sein Heft, böiger Wind. Mitten in der Stadt riecht es wie im Wald. Freudige Stimmung, fast feierlich, ohne zu wissen, weshalb. Er brauchte einige Zeit, bis er das Mietshaus wiedergefunden hatte. Niemand war zu sehen, und David las die Namen auf den Klingelschildern, Marra, Reisacher, Wittwer, Garofalo, Nahtigal. Nahtigal sollte es sein. Und wie hieß sie mit Vornamen? Renata war der erste Name, der ihm einfiel, er hatte keine Ahnung, weshalb. Er kannte niemanden, der so hieß. Renata Nahtigal, er sagte den Namen ein paarmal vor sich hin, schrieb ihn in sein kleines Heft. Sie hatte gesagt, sie wohne nicht hier. Vielleicht war sie zu Besuch bei ihren Eltern gewesen. David ging die Straße auf und ab und wartete, aber die Frau tauchte nicht auf. Es hatte wieder zu nieseln angefangen, und er stellte sich bei dem Haus unter, vor dem er sie getroffen hatte. Du bist ja ganz nass, sagte Renata, du wirst dich noch erkälten. Ihr Vater war in den Ferien oder im Krankenhaus, sie war gekommen, um den Briefkasten zu leeren, die Pflanzen zu gießen. Du kannst mir helfen, sagte sie, mein Vater hat viele Pflanzen. Sie saßen nebeneinander auf dem Sofa, und Renata zeigte ihm Fotos aus ihrer Kindheit. Sie saßen dicht beieinander, und Renatas eine Hand, mit der sie das Album hielt, lag auf Davids Oberschenkel. Du musst aufpassen, dass du dich nicht erkältest, sagte sie. Warst du schon einmal an der Côte d'Azur?, fragte David.

Es war Mittag. Auf den Bänken im Zentrum des Viertels saßen Lehrlinge und aßen Sandwiches oder Kebab, den sie am Imbiss in der Nähe gekauft hatten. David betrachtete sie und beneidete sie um die Ruhe und die Regelmäßigkeit ihres Alltags, die er selbst aufs Spiel gesetzt hatte. Sie hatten gute Aussichten, ihren Weg zu gehen, ein anständiges Leben zu führen wie ihre Eltern und ihre Großeltern als Teil von etwas Größerem. Er selbst schien für dieses Leben verloren zu sein, auch wenn er es noch bis vor einer Woche selbst gelebt hatte. Er wusste nicht mehr genau, wann er gemerkt hatte, dass es zu einer Entscheidung kommen musste, es war, als habe er es erst gemerkt, als es schon zu spät gewesen war. Und alles, was geschehen war und was geschah und noch geschehen würde, führte hin auf diesen einen Moment. Er würde vor der Bank stehen, zwei Atemzüge lang, und dann die Eichhörnchenmaske überziehen und hineingehen und tun, was zu tun war.

Die Sekretärin hatte die Mutter angerufen und sich nach David erkundigt. Was ist los mit dir?, fragte die Mutter. Du kannst dich doch nicht einfach krankmelden und dann in die Stadt fahren, um wer weiß was zu machen. Ich habe mich wirklich nicht wohl gefühlt, sagte David. Die Mutter legte eine Hand auf seine Stirn und sagte, also Fieber hast du keines. Dann gehst du morgen wieder zur Arbeit? Übermorgen, sagte David, wir haben ohnehin nichts zu tun. Seine Mutter seufzte und ging in die Küche, um das Abendessen zu kochen.

Später, im Bett, ging David in Gedanken noch einmal jede Bewegung, die er machen, jedes Wort, das er sprechen würde, durch. Er blätterte in seinem Heft, las seine Notizen. Auf der letzten beschriebenen Seite stand nur ein Name, Renata Nahtigal. Er löschte das Licht und versuchte sich an ihr Gesicht zu erinnern. Erst hatte er gedacht, sie sei in seinem Alter, aber als er dann vor ihr stand, sah er an den feinen Linien in ihrem Gesicht, dass sie älter war, vielleicht dreißig oder sogar fünfunddreißig. Er ging ins Bad, um die nassen Sachen auszuziehen. Die Plastiktüte nahm er mit. Hast du Angst, dass ich deine Sachen klaue?, rief Renata ihm lachend hinterher. Als er fünf Minuten später ins Wohnzimmer trat, nackt bis auf die Eichhörnchenmaske über dem Kopf, stieß sie einen spitzen Schrei aus und fing dann an zu lachen und konnte gar nicht mehr aufhören zu lachen.

Aber das war es nicht, woran er sich noch dreißig Jahre später erinnerte. Es war jener Moment am nächsten Tag, als er vor der Bank stand, zehn Uhr dreiundzwanzig. Vor zwei Minuten hatte eine ältere Frau die Bankfiliale betreten, in wenigen Minuten würde sie wieder herauskommen. David stand da, in der Hand eine Sporttasche mit der Eichhörnchenmaske, der Pistole. Das Wetter war tatsächlich wieder schön geworden, die Sonne schien, aber es war, als sei der Sommer zerbrochen in den zwei regnerischen Tagen. Das Licht war anders geworden, die Luft war klarer und roch schon nach Herbst. Ein leichter Wind ließ ihn frösteln. Er stand da, schaute auf die Uhr, zehn Uhr vierundzwanzig, er atmete zweimal tief durch. Es fühlte sich an wie jener Moment, wenn man auf der Schaukel nach oben geschwungen ist und für einen Moment lang schwerelos ist und glaubt, davonfliegen zu können, bevor die Schwerkraft wieder überhandnimmt und einen zurückzieht ins Leben.

Das schönste Kleid

Als ich Felix zum ersten Mal sah, hatte ich schon seit Monaten für ihn gearbeitet und alle möglichen Geschichten über ihn gehört. Er sei der George Clooney der Dendrochronologie, sagte Nicole, unsere Chefin, nach der ersten Sitzung. Das Projekt wurde von Daniela betreut, und auch sie erzählte die unglaublichsten Dinge über den Chefarchäologen. In der Kaffeepause überboten sich die beiden mit ihren Geschichten. Felix sei unglaublich schön, er sei sportlich, hochgebildet und intelligent und ein vollendeter Gentleman. Mittags geht er immer schwimmen im See, sagte Daniela. Sie hatte eine Sitzung mit ihm und trug unter einem leichten Sommerkleid ihren Badeanzug. Du willst mit ihm schwimmen gehen?, fragte Nicole ungläubig. Dann komme ich mit.

Als die zwei am Nachmittag zurück ins Büro kamen, stellte sich heraus, dass sie nur mit Felix zu Mittag gegessen hatten. Sie waren beide etwas gereizt. Irgendwann will ich ihn auch kennenlernen, sagte ich. Ich glaube nicht, dass das nötig ist, sagte Nicole.

Zwei Wochen später traf ich Felix dann doch. Ich hatte die Entwürfe für die Informationstafeln fertig, die rund um die Grabung angebracht werden sollten, und weil weder Nicole noch Daniela da waren, sagte der Chef, ich solle sie selbst vorbeibringen und sie mit dem Chefarchäologen besprechen. Dann könne der mir gleich sagen, was er davon halte. Ich rief ihn an, und wir verabredeten uns für elf Uhr.

Felix, sagte er und streckte mir die Hand hin. Er war braun gebrannt und trug einen weißen Schutzhelm, ich muss zugeben, er sah gut aus. Brigitte, sagte ich, ich bin die Graphikerin. Wenn es nach ihm ginge, sagte Felix, dann bräuchte es diese ganze Baustellenkommunikation nicht. Hier wird gegraben. Wenn es den Leute nicht passt, können wir das auch nicht ändern. Er führte mich in sein Büro, das in einem Container untergebracht war, und ich legte die Mappe vor ihn auf den Tisch. Er blätterte scheinbar ohne großes Interesse in den Entwürfen. Arbeiten in der Agentur eigentlich nur Frauen?, fragte er beiläufig. Nein, sagte ich, aber alle Frauen wollen für dieses Projekt arbeiten. Er blickte kurz hoch und fragte, ob wir uns denn alle für Archäologie interessierten. Für Archäologen, sagte ich und lächelte ihn an. Er schien nicht zu begreifen und klappte die Mappe mit den Entwürfen zu. Entscheiden Sie. Sie sind der Fachmann. Die Fachfrau, sagte ich, auch wenn ich kurze Haare habe. Er schaute mich an und lächelte gequält. Und sie interessieren sich also auch für Archäologie? Die anderen hatten keine Zeit, sagte ich schroff und hätte mich dafür ohrfeigen können. Felix' Handy klingelte, und er nahm es ab, ohne sich zu melden. Während er zuhörte, verfinsterte sich sein Gesicht. Der Grabungsleiter, sagte er und steckte das Handy wieder ein. Ich muss runter.

Eigentlich sollte auf dem Gelände eine Tiefgarage gebaut werden, aber nachdem man bei Probebohrungen Überreste von Pfahlbauten gefunden hatte, waren die Arbeiten für ein Jahr unterbrochen worden. Über der Baugrube war eine Betondecke, die später das Dach des Parkhauses bilden würde, darin war eine quadratische Öffnung, durch die eine Gerüsttreppe in die Tiefe führte. Felix rannte die Treppe hinunter, und ich folgte ihm, die Mappe unter dem Arm. Es war ein heißer Tag, und ich trug Sandalen und musste aufpassen, auf der Metalltreppe nicht auszurutschen. Felix diskutierte mit einem gedrungenen kleinen Mann mit Pferdeschwanz und tätowierten Unterarmen. Ein Mechaniker kniete vor ihnen auf dem Boden und schraubte fluchend an einer großen Pumpe herum. Ich war dicht hinter Felix stehen geblieben. Der andere Mann starrte mich an mit einem Blick, der mir unangenehm war, und fragte, was ich hier wollte. Ich brauche eine Entscheidung, sagte ich. Felix drehte sich um und schaute mich an mit einem genervten Blick. So dürfen Sie nicht hier runter, sagte er, nahm seinen Helm ab und stülpte ihn mir auf den Kopf wie einem Kind.

Er stellte mir den Grabungsleiter vor und sagte, sie hätten ein Problem mit der Pumpe. Wenn wir hier nicht dauernd Wasser abpumpen, können wir bald Unterwasserarchäologie betreiben.

Er redete noch kurz mit dem Grabungsleiter, dann winkte er mir, und ich folgte ihm durch die riesige Grube zu einer Gruppe von jungen Leuten, die am Boden hockten und mit kleinen Kellen eine dunkelbraune, vielleicht dreißig Zentimeter dicke Schicht abtrugen. Den größten Teil des Materials warfen sie hinter sich auf einen Haufen, ein paar wenige Objekte legten sie vorsichtig in Pappschachteln. Ich sagte noch einmal, ich bräuchte eine Entscheidung. Die Schicht ist ungefähr fünftausend Jahre alt, sagte Felix. Sie stammt aus der Jungsteinzeit. Er erzählte von den Stofffragmenten, die sie gefunden hätten, von Tonscherben, Knochen und anderen Essensresten. Der Lärm der Baumaschinen war ohrenbetäubend, und es roch nach Abgasen und feuchter Erde. Ich hob ein Stück schwarzes Holz vom Boden auf und fragte, ob ich es behalten dürfe. Meinetwegen, sagte Felix. Was wollen Sie denn damit anfangen? Er sagte, ich müsse das Holz zu Hause in Wasser einlegen, sonst zersetze es sich innerhalb kürzester Zeit. Er ging weiter und packte mich plötzlich am Arm und zog mich mit einer schnellen Bewegung an sich. Achtung, sagte er. Ein Bagger fuhr dicht an mir vorbei. Hier haben wir das Skelett gefunden, sagte er, unter den Kulturschichten. Es war eine junge Frau. Sie muss vor mehr als fünftausend Jahre gestorben sein. Vielleicht ist sie in den See gefallen und ertrunken. Es war faszinierend, ihm zuzuhören, langsam verstand ich, was Daniela und Nicole an ihm fanden.

Nach ungefähr einer Stunde kamen wir wieder nach oben. Meine Sandalen starrten vor Dreck, und an meinen Beinen waren Schlammspritzer. Und?, fragte ich, haben Sie sich für einen Entwurf entschieden? Sie können ganz schön hartnäckig sein, sagte Felix und nahm mir den Helm vom Kopf.

Er hat mir ein Kompliment für mein Kleid gemacht, sagte Nicole ein paar Tage später in der Kaffeepause. Die einzigen Frauen, für die der sich interessiert, sind seine Skelette, sagte Daniela gereizt. Dann müsstest du doch Chancen bei ihm haben, sagte der Polygraph grinsend. Ich fragte, ob Felix etwas über meine Entwürfe gesagt habe. Nicole winkte ab. Was haltet ihr davon: *Sie stehen auf Geschichte. Wir graben danach.* Daniela verzog den

Mund und verschwand aus der Küche. Was ist denn mit der los?, fragte ich. Nicole sagte, sie nehme ihr wohl übel, dass sie die Projektleitung selbst übernommen habe.

Ein paar Wochen später sagte der Chef, Felix habe sich nach mir erkundigt. Er hat gefragt, wo denn die kleine Graphikerin geblieben sei, sagte er und blinzelte mir zu. Ich glaube, Nicole legt die Sitzungen mit ihm absichtlich auf die Tage, an denen du nicht arbeitest.

Anfang Juni schrieb Felix eine Mail an alle, die am Projekt beteiligt waren. Sie hätten inzwischen zwanzigtausend Holzproben entnommen und zehntausend Fundkomplexe bearbeitet und wollten dies morgen Abend mit einem kleinen Umtrunk feiern. Als ich am nächsten Tag kurz vor Feierabend in die Damentoilette kam, waren Nicole und Daniela dabei, sich schön zu machen. Nicole steckte sich das Haar hoch. Sie trug ein hellgrünes Kleid aus Seidentaft und hohe Schuhe. Auch Daniela war aufgeputzt wie eine Prinzessin. Sie schaute abschätzig an mir herunter und fragte, ob ich etwa so zum Empfang gehen wolle? Ich hatte nur ein einfaches Wickelkleid aus Baumwolle an und flache Schuhe und kam mir neben den beiden vor wie ein hässliches Entlein.

Kurz bevor ich gehen wollte, rief mich der Chef in sein Büro und gab mir einen Auftrag, den ich unbedingt noch vor Feierabend erledigen musste. Als ich endlich aus der Agentur kam, war es schon neun Uhr. Ich fuhr mit der Tram zum Opernhaus. Die Seepromenade war voller schön angezogener Menschen, die hin und her stolzierten und sich präsentierten. Ich schien die Einzige zu sein, die alleine unterwegs war. Ich kam mir ausgeschlossen vor und spürte die anzüglichen Blicke der Männer und die abschätzigen der Frauen.

Das Bad, in dem der Umtrunk stattfand, war eine alte Holzkonstruktion, die auf Pfählen in den See gebaut war. Erst als ich es vor mir auftauchen sah, wurde mir bewusst, dass ich überhaupt keine Lust auf die Party hatte. Ich setzte mich auf die Quaimauer. Im Licht der untergehenden Sonne war das gegenüberliegende Ufer nur als schwarze Silhouette zu sehen. Im silbern glänzenden Wasser bewegten sich die Köpfe einiger später Schwimmer. Auf einmal schien es mir, als könnte ich mich ebenso gut in der Steinzeit befinden. Ich hatte den Tag an den bewaldeten Hängen des Zürichbergs verbracht und Pilze und Beeren gesammelt, vielleicht hatte ich Stoff gewebt oder Korn gemahlen. Ich war verschwitzt, mein Rücken tat weh, meine Hände waren schwielig. Nach der harten Arbeit war ich an den See heruntergekommen, um im Licht der untergehenden Sonne zu baden. Ich schlüpfte aus den Schuhen und zog mich aus. Ein paar Passanten blieben stehen und schauten erstaunt zu, wie ich nackt in den See stieg, aber das kümmerte mich nicht.

Kühl umfing mich das Wasser, und während ich hinausschwamm, empfand ich plötzlich die Größe dieses mächtigen Körpers, der in seinen Tiefen die Geschichte von vielen tausend Jahren barg. Ich musste an die Frau denken, deren Skelett bei den Ausgrabungen gefunden worden war, die vielleicht wie ich an einem warmen Sommerabend im See geschwommen und nie zurückgekehrt war. Die untergehende Sonne blendete mich. Als ich umdrehte, sah ich die Pfahlbauten des Bades vor mir. Auf einem der hölzernen Decks standen die Partygäste. Ich hörte ihr Reden und Lachen, Musik und den Lärm der nahen Straße, aber die Geräusche schienen von weit her zu kommen. Ich schwamm näher heran und sah Felix zwischen Nicole und Daniela am hölzernen Geländer stehen und auf den See hinausschauen. Nicole hatte eine Hand auf Felix' Schulter gelegt und schien sich angeregt mit ihm zu unterhalten. Sie sah sehr schön aus, und ich verspürte ein heftiges Gefühl der Eifersucht, das mir fast körperliche Schmerzen bereitete. Ich weiß nicht, was in mich fuhr, als ich die paar Züge zur Treppe schwamm und aus dem Wasser stieg. Es dauerte einen Moment, bis die Partygäste mich wahrnahmen und sich mir zuwandten. Die Gespräche verstummten, das schrille Lachen einer Frau war noch zu hören, dann war es ganz still. Alle starrten mich an und wichen vor mir zurück, als ich zum Tisch mit den Getränken ging. Ich nahm mir ein Glas Weißwein und prostete Felix zu, der vielleicht fünf Meter von mir entfernt stand. Er machte einen Schritt von den zwei Frauen weg auf mich zu. Einen Moment lang hatte ich das Gefühl, er wolle etwas sagen, dann hob er nur stumm sein Glas. Obwohl ich meine Nacktheit empfand wie selten zuvor, war ich ohne Scham. Ich empfand ein seltsames Gefühl des Stolzes und zugleich der Hingabe. Es ging nur um mich und um Felix, die anderen Gäste in ihrer Abendgarderobe waren bloße Statisten, Besucher aus einer anderen Zeit. Ich stellte das Glas hin, ohne getrunken zu haben, ging zum Wasser und sprang mit einem Kopfsprung hinein.

Als ich am nächsten Tag in die Kaffeepause kam, standen Nicole und Daniela zusammen und tuschelten. Sie taten, als sähen sie mich nicht. Er hat mich nach Hause gefahren, hörte ich Nicole flüstern. Und wie war er?, fragte Daniela. Nicole verdrehte die Augen. Ich ließ nur schnell einen Kaffee aus dem Automaten und ging zurück an die Arbeit. Ich hätte weinen können.

Kurz vor Mittag kam eine Mail von Felix. Er schrieb, es sei schade, dass ich nur so kurz vorbeigeschaut hätte gestern Abend. Ob ich Lust hätte, mit ihm essen zu gehen. Er schrieb: Sie trugen das schönste Kleid. Wütend schrieb ich zurück, er hätte sich ja offenbar auch ohne mich ganz gut amüsiert und ich hätte sehr viel zu tun und keine Zeit für Spiele. Danach hörte ich nichts mehr von ihm.

Nicole und Daniela erwähnten meinen Auftritt nie, aber sie behandelten mich von nun an zugleich distanzierter und mit mehr Respekt. Nicole war überhaupt verändert nach jenem Abend. Sie war gut gelaunt und weniger ungeduldig. Und während sie vorher fast immer noch im Büro gewesen war, wenn ich ging, verabschiedete sie sich jetzt oft schon um fünf und sagte, sie habe noch etwas vor.

Im Sommer flog ich für einen Monat nach Australien und besuchte eine Sprachschule. Als ich zurückkam, waren die Grabungsarbeiten beim Opernhaus abgeschlossen, und wir beschäftigten uns mit neuen Aufträgen.

An einem Nachmittag im September stand ich am Empfang, als der Grabungsleiter hereinkam. Wieder fiel mir sein unangenehmer Blick auf. Ich wunderte mich, was er hier noch zu suchen hatte. Während ich mit der Sekretärin diskutierte, erschien Nicole und umarmte und küsste ihn wie ein junges Mädchen. Ich möchte wissen, wie lange das gut geht, sagte die Sekretärin, nachdem das Paar gegangen war. So wie der alle Frauen anglotzt.

Am nächsten Tag fragte ich Nicole nach ihrem neuen Freund. Ich dachte, du gehst mit Felix, sagte ich. Sie schüttelte den Kopf. Nach deinem Auftritt auf der Party war das erledigt. Für meinen Geschmack warst du ja ein bisschen underdressed.

Ich dachte daran, Felix anzurufen, aber was hätte ich ihm sagen können? Es war ja nichts zwischen uns gewesen, und ich schämte mich für meine Eifersucht. Außerdem bezweifelte ich, dass er ernsthaft an mir interessiert war. Wenn er etwas von mir gewollt hätte, hätte er nicht so schnell aufgegeben und mir noch einmal geschrieben. Immerhin fing ich an, am Mittag ins Schwimmbad zu gehen, in der Hoffnung, ihm dort zu begegnen. Es gab zwei von Umkleidekabinen umgebene Decks, eins für Frauen, eins für Männer, und dazwischen, gleich beim Eingang, einen Bereich für beide Geschlechter. Die meiste Zeit saß ich dort im Café, um Felix nicht zu verpassen. Aber er kam nicht.

Ich ging bei jedem Wetter ins Bad. Wenn es regnete oder trüb war und außer mir kaum jemand da war, zog ich mich trotzdem um und schlenderte hinüber zum Männerdeck, wo damals die Party stattgefunden hatte. Ich setzte mich auf die Holzplanken und ließ die Beine baumeln und schaute hinaus auf den grauen See.

Es war an einem der letzten Tage, bevor das Bad für den Winter schließen würde. Seit Tagen war das

Wetter grau gewesen. Es fiel leichter Nieselregen, das Badetuch, in das ich mich gewickelt hatte, war schon ganz durchnässt. Wieder musste ich an die Pfahlbauer denken, die hier vor fünftausend Jahren frierend in ihren Hütten gehockt waren. Bestimmt hatten sie sich Sorgen gemacht, ob sie genug Vorräte angelegt hatten für den Winter, ob der Schnee früh kommen und das Sammeln von Brennholz schwierig machen würde. Sie mussten sich vor Krankheiten gefürchtet haben, vor Unfällen und wilden Tieren. Und plötzlich empfand ich ein großes Gefühl der Freiheit, und es kam mir absurd vor, dass ich hier auf einen Mann wartete, den ich kaum kannte, mit dem ich nur ein einziges Mal geredet hatte und der mich behandelt hatte wie ein Kind.

Vom Ufer hörte ich die Kirchen ein Uhr schlagen. Ich wollte gerade aufstehen, da legte mir jemand die Hand auf die Schulter. Erschrocken drehte ich mich um und sah Felix hinter mir stehen. Er hatte eine Badehose an und ein Handtuch über die Schultern gehängt und lächelte mich an. Ich habe Sie erwartet, sagte ich. Ich Sie auch, sagte er, streckte mir die Hand hin und half mir hoch. Dann, ohne dass noch ein Wort gefallen wäre, umarmten und küssten wir uns, als hätten wir fünftausend Jahre lang auf diesen Moment gewartet.

Supermond

Sie haben es bestimmt nicht böse gemeint, sie haben geredet im Aufzug, da müssen sie mich übersehen haben. Ich hatte sogar den Eindruck, dass einer sich nach dem Türknopf streckte, als die Tür sich schloss, oder zumindest andeutete, dass er sich nach dem Türknopf strecken wolle, als habe er mich gesehen und mich hereinlassen wollen und dann gemerkt, dass es zu spät war. Aber vielleicht habe ich mir das auch nur eingebildet. Und wenn, sie haben mich nicht bemerkt, das kommt vor. Obwohl ich direkt vor der Tür stand.

Es würde mir schwerfallen, einem Außenstehenden zu erklären, worin unsere Aufgabe hier besteht. Es hat mit der Überholung von Verkehrsflugzeugen zu tun. Ein Flugzeug besteht aus mehreren Millionen Teilen, von denen jedes eine Nummer und eine festgelegte Lebensdauer hat. Bei jeder Überholung müssen bestimmte Teile ersetzt, andere überprüft und im Bedarfsfall ersetzt werden. Einige werden aus- und wieder eingebaut und erst bei der nächsten oder übernächsten Überholung ersetzt. Neben den

Flugzeug- und Triebwerksmechanikern, den Unterhaltstechnikern, den Spenglern und Malern und Elektrikern und allen anderen Spezialisten, die die Arbeiten ausführen, gibt es auch bei uns im Büro eine kleine Armee von Leuten, die sich darum kümmern, dass alles gemäß der Vorschriften ausgeführt und nichts vergessen wird. Das geschieht natürlich längst mit Computerprogrammen, aber viele dieser Programme sind veraltet und in Programmiersprachen geschrieben, die kaum noch jemand beherrscht. Seit Jahren wird von neuen Programmen gesprochen, die alles zusammenfassen und vereinfachen würden, aber weil die Aufgabe so komplex ist und alles miteinander vernetzt, traut sich keiner, irgendetwas zu ändern, aus Angst, das ganze System könnte zusammenbrechen.

Ich gehöre zu jener kleinen Armee von Leuten, die alles am Laufen halten, im Wesentlichen bin ich für eine Liste verantwortlich. Das klingt nach wenig, aber es ist eine sehr lange und sehr wichtige Liste. Auch ich bin ein Teilchen in einem komplexen System, habe eine Nummer und eine festgelegte Einsatzzeit, die mit meiner bevorstehenden Pensionierung zu Ende gehen wird. Ich kann nicht sagen, dass ich mich darauf freue, ausgemustert zu werden, aber es leuchtet mir ein, dass es notwendig ist und zum Besten der Firma und also letztlich auch zum Besten für mich.

Unser Großraumbüro ist im zweiten Stock des Verwaltungsgebäudes untergebracht mit Blick auf eine kleine Baumgruppe und die Autobahn, die parallel verlaufende Autostraße und die Bahnlinie. Früher hatten wir Büros, die auf die Hangars und das Rollfeld hinausgingen, aber ich bin froh, dass wir vor einigen Jahren auf die Nordseite umziehen konnten, wo die Temperaturen im Sommer erträglicher sind. In die Hangars komme ich ohnehin häufig genug, während der Arbeit oder auch nach Feierabend, wenn ich kurz hinüberspaziere, um ein paar Worte mit dem Schichtleiter zu wechseln, mit den Leuten von der Qualitätssicherung oder mit dem Magaziner, der die Werkzeuge herausgibt und dafür verantwortlich ist, dass keines im Flugzeug zurückbleibt, wenn die Überholung abgeschlossen ist. Es ist immer ein großer Moment, wenn eine dieser Riesenmaschinen aus dem Hangar rollt, bereit für neue Reisen in weit entfernte Länder. Wir tragen keine schicken Uniformen hier wie das Flugpersonal, aber letztlich ist unsere Aufgabe genauso wichtig wie ihre, auch wenn die meisten Passagiere gar nichts von unserer Existenz ahnen.

Wir sind zu fünft im Büro, aber jeder hat sein Arbeitsgebiet, von dem die anderen nicht viel wissen, nur das, was er oder sie eben erzählt. Keiner sagt etwas wegen der Sache mit dem Aufzug, und ich entschließe mich, ebenfalls nichts zu sagen. Ich starte den Computer und lese die E-Mails, die seit gestern gekommen sind, es sind weniger als sonst, aber die Arbeit geht mir auch so nicht aus. Zu einem nicht unwesentlichen Teil besteht sie aus der Verantwortung, die ich trage, ob ich nun an der Liste arbeite oder nicht. Ich garantiere für ihre Richtigkeit und Aktualität, was manchmal mehr, manchmal weniger Aufwand bedeutet.

Kommt jemand mit Mittag essen? Ich muss zweimal fragen, bis Walter sagt, er sei verabredet. Gabi? Sie starrt auf ihren Bildschirm. Gabi? Endlich scheint sie mich zu hören. Kommst du mit Mittag essen? Sie muss noch schnell eine E-Mail fertig schreiben, ihre Arbeit hat etwas mit dem Treibstoffeinkauf zu tun.

Wir setzen uns zu zwei Kollegen von der Arbeitsvorbereitung. Sie diskutieren die neue Überstundenanordnung. Gabi mischt sich ein, und die Diskussion wird hitzig. Ich sage nichts, ich bin ohnehin nur noch ein paar Tage hier, die neue Regelung betrifft mich nicht. Außerdem habe ich seit Jahren keine Überstunden gemacht. Ich musste im Gegenteil aufpassen, nicht zu schnell zu arbeiten, um auf meine Stunden zu kommen und den Chef nicht auf falsche Ideen zu bringen. Die Stimmung am Tisch ist gereizt. Irgendwann stehen die anderen einfach auf und gehen grußlos zurück an ihre Arbeit. Ich laufe hinter Gabi her. Sie ignoriert mich, als sei ich es, mit dem sie sich gestritten hat.

Uns hat man noch beigebracht, einem älteren Menschen im Bus oder im Zug den Platz anzubieten oder wenigstens seine Tasche im Gepäckabteil zu verstauen und nicht zwei Sitzplätze zu belegen. Ist hier frei? Der junge Mann hat einen Kopfhörer auf, aber die Musik ist so laut, dass man sie selbst im fahrenden Zug noch hören kann. Ich berühre ihn an der Schulter. Er zuckt zusammen und schaut mich erschrocken an. Ist hier frei? Er schaut immer noch verdutzt, dann räumt er endlich seine Tasche weg, und ich kann mich setzen.

Auf dem Weg von der Bushaltestelle nach Hause muss ich lange warten, bis ich die Straße überqueren kann. Eigentlich haben Fußgänger ja Vorrang, aber das kümmert die wenigsten Autofahrer. Schon vor Jahren hat der Bewohnerverein bei der Gemeinde ein Gesuch für eine Ampel gestellt, damals hieß es, das sei zu teuer und außerdem nicht nötig. Der Verkehr hat seitdem stark zugenommen, von einer Ampel spricht trotzdem keiner mehr. Heute ärgere ich mich nicht und warte geduldig auf eine Lücke im Verkehr. Es ist einer der ersten warmen Tage in diesem Jahr, fast schon frühlingshaft warm, obwohl erst Februar ist.

Hedwig scheint die Tür nicht gehört zu haben. Als ich ins Wohnzimmer trete, erschrickt sie. Dann lächelt sie erleichtert. Ach, du bist es. Als könnte es auch jemand anderes sein, der plötzlich in unserer Wohnung auftaucht. Ich küsse sie flüchtig, sie schaut nur kurz von ihrem Buch auf und liest dann weiter. Ich blättere die Zeitung durch. Hedwig macht keine Anstalten, in die Küche zu gehen. Als ich frage, was es zum Abendessen gibt, sagt sie zerstreut, sie habe keinen Hunger, und liest weiter. Das ist noch nie passiert, seit wir verheiratet sind, und das sind doch immerhin fast vierzig Jahre. Aber ich, sage ich und lache. Hedwig reagiert nicht. Ich weiß nicht, was sie da liest, aber es scheint sie sehr gefangenzunehmen. Ich gehe in die Küche und mache mir ein Brot. Viel Hunger habe ich auch nicht.

Später schaue ich fern, während Hedwig immer noch liest. Irgendwann verlässt sie den Raum. Ich habe gemeint, sie gehe zur Toilette. Als sie nach einer Weile nicht zurückkommt, schaue ich nach ihr. Da liegt sie schon im Bett und schläft. Sie hat nicht einmal gute Nacht gesagt.

Am Morgen schaffe ich es fast nicht, Hedwig zu wecken. Sonst ist immer sie es, die zuerst aufsteht, meist liegt schon der Geruch von Kaffee in der Luft, wenn ich erwache, aber heute schläft sie noch tief und fest. Vielleicht ist es die plötzliche Wärme, die sie müde macht. Erst als ich sie sanft an der Schulter berühre, wird sie wach und schaut mich an mit schläfrigem Blick. Ach, du, sagt sie. Bleib nur liegen, sage ich und bereue, dass ich sie geweckt habe, ruh dich aus.

Auf dem Weg zur Arbeit geschieht etwas Lustiges. Eine junge Frau, die auf ihrem Handy herumtippt, setzt sich fast auf meinen Schoß. Erst als sie mich berührt, bemerkt sie, dass der Platz schon besetzt ist, und fährt erschrocken hoch. Früher hätte ich vielleicht gesagt, setzen Sie sich nur, aber heute muss man aufpassen mit solchen Sprüchen. Stattdessen entschuldige ich mich, als sei ich es gewesen, der nicht aufgepasst hat.

Heute kommen gar keine E-Mails herein, und auch in der internen Post ist nichts für mich. Wahrscheinlich richten die Leute ihre Anfragen schon an meinen Nachfolger, obwohl ich ihm die Arbeit noch gar nicht übergeben habe. Eigentlich ist Dieter nicht mein Nachfolger, er arbeitet schon länger in der Abteilung, ich weiß nicht genau, was sein Aufgabenbereich ist. Jedenfalls wird er die Betreuung meiner Liste zusätzlich zu seiner bisherigen Arbeit übernehmen. Ich habe den Chef gewarnt, dass er den Aufwand für die Pflege der Liste wohl unterschätze, die Zahl der Änderungen, die jeden Tag zu machen seien, aber er hat nur mit den Schultern gezuckt und gesagt, Dieter werde das schon stemmen. Ich schreibe Dieter eine Mail, bitte ihn, mich anzurufen, damit wir einen Termin für die Arbeitsübergabe vereinbaren können. Bis Mittag hat er sich nicht gemeldet. Dann erst sehe ich, dass meine Mail zurückgekommen ist. *Delivery to the following recipients failed permanently.* Der Grund: *Unknown user.* Dabei haben wir schon Dutzende Male gemailt.

Am Mittag verschwinden alle, ohne dass mich jemand gefragt hätte, ob ich mit essen komme. Ein bisschen netter könnten sie schon sein an meinen letzten Tagen. Schließlich habe ich mich immer kollegial verhalten. Mag sein, dass ich nicht gerade eine Stimmungskanone bin, aber ich war stets loyal und zuverlässig.

In den Bäumen vor dem Fenster turnt ein Eichhörnchen herum. Lange Zeit schaue ich zu, wie es von Ast zu Ast springt, als sei es schwerelos. Dann taucht ein zweites auf, und eine wilde Jagd beginnt, immer um den Stamm herum, hoch und wieder herunter. Eigentlich habe ich gar keinen Hunger.

Ich weiß nicht, ob meine Kollegen auf einmal schwerhörig geworden sind. Ich muss alles zwei- oder sogar dreimal sagen, bis jemand reagiert. Aber das Seltsamste ist, dass auch ich mich nur noch undeutlich höre, als trüge ich einen Gehörschutz, der aber nur meine eigene Stimme dämpft. Alle anderen Geräusche höre ich klar und deutlich, sie scheinen sogar lauter als sonst, als hörte ich sie durch eine akustische Lupe, falls es so etwas gibt. Die zweite E-Mail, die ich Dieter geschickt habe, ist nicht zurückgekommen. Morgen wird er sich bestimmt melden.

Ich gehe etwas früher heim als sonst, immerhin habe ich keine Mittagspause gemacht. Und ich weiß nicht mehr, was ich tun soll, es hat eigentlich keinen Sinn mehr, etwas Neues anzufangen, wenn nächste Woche sowieso Dieter übernimmt und die Arbeit auf seine Art macht. Im Zug bleibe ich im Vorraum stehen, aus Scheu, dass wieder so etwas geschieht wie heute Morgen. Ich musste den ganzen Tag über immer wieder daran denken. Im Nachhinein schien mir der Vorfall weniger lustig als unheimlich.

Ich beobachte einen Mann, der auf seinem Handy herumtippt, er macht ein Gesicht, als tausche er sich über Dinge von größter Wichtigkeit aus. Er schaut kurz hoch, er scheint meine Blicke gespürt zu haben, und tippt dann weiter auf seinem Gerät herum. Als er an der nächsten Station aussteigt, ohne den Blick von seinem Gerät zu nehmen, sehe ich, dass er ein Spiel spielt. Er bleibt spielend auf dem Bahnsteig stehen, während der Zug schon wieder anrollt.

Hedwig ist nicht zu Hause. Auf dem Kalender in der Küche ist nichts eingetragen, und ich kann mich auch nicht erinnern, dass sie irgendetwas erwähnt hat von einem Besuch oder einem Termin, den sie wahrnehmen müsse. Der Kühlschrank ist fast leer, und ich gehe in den nahen Lebensmittelladen, kaufe Brot, Salami, Butter. Niemand außer mir ist im Geschäft. An der Kasse steht eine Klingel, aber ich habe sie nie gerne benutzt, ich finde es unhöflich, nach der Kassiererin zu klingeln, wie man nach einem Hund pfeift. Als nach ein paar Minuten niemand auftaucht, tue ich es doch und etwas später noch einmal. Schließlich packe ich die Sachen ein, ich werde sie das nächste Mal bezahlen. Es ist mir auch schon passiert, dass ich die Geldbörse nicht dabeihatte, und der Inhaber des Ladens hat jedes Mal gesagt, zahlen Sie morgen. Auf dem Nachhauseweg denke ich kurz daran, die Sachen nicht zu bezahlen. Es ist ja nicht meine Schuld, wenn niemand da ist. Aber dann fällt mir ein, dass der Laden über eine Videoüberwachung verfügt. Die Vorstellung, nach so vielen Jahren des Ladendiebstahls überführt zu werden, belustigt mich, ich weiß nicht, weshalb. Vielleicht gefällt mir der Gedanke, eine andere Seite zu haben, die niemand kennt, Dinge zu tun, die mir keiner zutrauen würde. Aber ich habe keine andere Seite, ich bin sozusagen ein einseitiger Mensch.

Ich schaffe es kaum, die Tür aufzuschließen. Als ich sie vor einer halben Stunde abgeschlossen habe, schien noch alles wie immer, aber jetzt ist das Schloss verklemmt.

Ich verstaue meine Einkäufe in der Küche. Ich

habe gar keinen Hunger, vielleicht esse ich später etwas. Hedwig kommt nicht nach Hause, aber aus irgendeinem Grund mache ich mir keine Sorgen, nicht aus Gottvertrauen, eher aus einem Gefühl der Gleichgültigkeit. Auch als ich die Zeitung lese, überblättere ich die meisten Artikel, nichts scheint mich etwas anzugehen, nichts interessiert mich. Nur ein Wort erregt meine Aufmerksamkeit, eine kurze Notiz über den sogenannten Supermond. Nie in diesem Jahr sei der Mond der Erde so nah wie in den kommenden Nächten, steht da, nie sei er so hell.

Ich habe normalerweise kein Problem einzuschlafen, aber in dieser Nacht liege ich lange wach. Ich mache mir keine Sorgen um Hedwig, es ist eher, als schaute ich mit geschlossenen Augen in eine große Leere. Ich empfinde nichts, nicht einmal Müdigkeit. Es ist kein unangenehmes Gefühl, nur ein ungewohntes.

Am Morgen fühle ich mich schwach, aber das ist kein Wunder, ich habe seit vierundzwanzig Stunden nichts gegessen und kaum geschlafen. Obwohl ich noch immer keinen Hunger habe, nehme ich einen Joghurt aus dem Kühlschrank. Als ich ihn fertig gegessen habe, kann ich mich nicht entschließen, den leeren Becher in den Müll zu werfen, als sei das eine Entscheidung mit weitreichenden Konsequenzen. Beim Zähneputzen habe ich Mühe, mich im Spiegel klar zu sehen. Eigentlich sind meine Augen für mein Alter noch sehr gut, aber jetzt sehe ich mein Bild nur unscharf. Auch nachdem ich meine Augen mit kaltem Wasser ausgewaschen habe, wird es nicht besser.

Als ich die Tür der Wohnung abschließe, merke ich, dass meine Schwierigkeiten nichts mit dem Schloss zu tun haben, dass mir ganz einfach die Kraft fehlt, um den Schlüssel richtig zu fassen und umzudrehen. Im Treppenhaus muss ich mich am Geländer festhalten, auch meine Beine sind kraftlos.

Der Bus ist fast leer, der Zug ebenfalls. Ich zögere kurz, dann setze ich mich hin. Ich bin müde, zugleich fühle ich mich sehr leicht, fast schwerelos. Das Licht, das ins Abteil dringt, ist schmerzhaft hell, die Schatten, die die vorbeiziehenden Bäume werfen, lassen es flackern wie das eines Stroboskops. Mir ist ein wenig übel, und ich bin froh, als meine Station kommt und ich aussteigen kann. Wenigstens sehe ich jetzt wieder klar.

Es ist kaum jemand unterwegs. Erst an der Pforte merke ich, dass Samstag ist. Das ist mir in all den Jahren noch nie passiert. Trotzdem gehe ich ins Büro, setze mich an meinen Tisch und starte den Computer. Auf den Bäumen draußen turnt wieder das Eichhörnchen herum, und ich schaue ihm zu. Es kommt mir vor, als sei ich selbst so leicht, dass ich in den Bäumen herumspringen könnte. Irgendwann hat mich jemand gefragt, was ich für ein Tier sein möchte, ich weiß nicht mehr, wer es war und wann es war, aber ich weiß noch, dass mir keine Antwort einfiel. Ein Eichhörnchen? Warum nicht?

Gegen Mittag verlasse ich das Büro, ohne etwas gemacht zu haben. Ich nehme den Zug zurück, den Bus. Im Lebensmittelladen sind jetzt ein paar Leute. Ich kaufe das Nötigste ein, stelle mich an der Kasse an. Vor mir ist eine Frau, die ich vom Sehen kenne, aber an deren Namen ich mich nicht erinnere. Sie scheint mich ohnehin nicht bemerkt zu haben. Als ich an der Reihe bin, steht die Kassiererin auf und geht zu einem Regal, um Sachen einzuräumen. Kann ich zahlen?, sage ich. Sie scheint mich nicht zu hören. Ich packe die Sachen in eine Tüte und gehe.

Obwohl ich nicht viel eingekauft habe, wird mir die Tüte schon nach wenigen hundert Metern zu schwer, und ich stelle sie auf den Gehsteig und ruhe mich einen Moment lang aus. Als ich die Tasche wieder aufnehmen will, scheint sie noch schwerer geworden zu sein. Ich lasse sie stehen, im Kühlschrank sind ja noch die Sachen, die ich gestern eingekauft habe, und Hunger habe ich ohnehin nicht.

Das Schloss lässt sich nun gar nicht mehr öffnen. Ich kann den Schlüssel nicht fassen, es ist, als gleite er mir durch die Finger. Ich müsste mir wohl Sorgen machen, aber das tue ich nicht. Ich empfinde im Gegenteil eine seltsame Heiterkeit. Ich setze mich auf den Treppenhausboden, lehne mich an die Wand. Unten geht die Tür auf, jemand kommt die Treppe hoch. Es ist die Frau, die einen Stock über uns wohnt, aber ihr Name fällt mir nicht ein, obwohl wir seit vielen Jahren Nachbarn sind. Sie geht vorbei, ohne mich zu grüßen, ohne mich wahrzunehmen. Es gehen noch ein paar Leute die Treppe hoch und runter an diesem Nachmittag, die mir alle irgendwie bekannt vorkommen, aber niemand scheint mich zu bemerken. Einmal muss ich die Beine anziehen, aus Angst, eins der Kinder, die die Treppe herunterrennen, könnte über sie stolpern.

Ich muss an meine Liste denken, frage mich, ob sie wirklich so wichtig ist, wie ich immer gedacht habe. Jeden Tag habe ich Änderungen gemacht, habe Datensätze gelöscht und neue hinzugefügt, aber ich weiß nicht, wer die Liste wirklich braucht, wer außer mir Zugriff auf sie hat. Ich weiß nur, dass sie monatlich ausgedruckt und von der Firmenpost an ein Dutzend Abteilungen verteilt wird. Ich habe die Liste gesehen, dicke Bände gestreiften Computerpapiers, die in den Regalen langsam vergilben und nach einer festgelegten Zeit entsorgt werden. Ich habe mich nie getraut, jemanden zu fragen, ob die Liste jemals konsultiert wird, vielleicht weil ich immer schon ahnte, dass dies nicht der Fall ist. Aber irgendwann hat jemand all diese Prozesse festgelegt, es muss einen Grund dafür gegeben haben, weshalb sonst sollte all das Papier bedruckt und versendet werden? Vielleicht geht es gar nicht darum, dass jemand die Informationen braucht, die in der Liste enthalten sind. Sie sind wie alles andere ein Teil der Wirklichkeit, ihre Existenz muss nicht gerechtfertigt werden. Die Liste ist da, wie wir da sind, das muss genügen.

Ich weiß nicht, wie spät es ist, als Hedwig nach Hause kommt. Sie sieht müde aus. Auch sie scheint mich nicht zu sehen. Ich will beiseiterücken, um sie durchzulassen, aber sie geht einfach durch mich hindurch. Sie bringt erst die vollen Einkaufstüten in die Küche, bevor sie zurückkommt, um die Tür zu schließen. Diesen kurzen Moment habe ich genutzt, um in die Wohnung zu kommen. Danach bin ich so erschöpft, dass ich im Flur auf dem Boden sitzen bleibe. Ich bin froh, dass Hedwig das Licht nicht angemacht hat, meine Augen sind empfindlicher als sonst, auch mein Gehör. Obwohl die Tür zur Küche geschlossen ist, verstehe ich jedes Wort des Radiosprechers, höre überdeutlich, wie Hedwig Zwiebeln schneidet, den Kühlschrank öffnet und wieder schließt, ich höre das Rauschen des Wasserkochers, das Klappern der Pfannen und selbst das Gas, das aus dem Herd strömt, das Klicken des Anzünders, das Flackern der Flammen.

Ich habe nicht den Eindruck, dass Hedwig irgendetwas vermisst, dass ich ihr fehle. Sie hat ihr Essen gekocht, hat es ins Wohnzimmer getragen, sich hingesetzt. Sie hat nicht für mich gedeckt, und ich spüre keine Unruhe in ihren Bewegungen, keine Erwartung. Ich weiß nicht, warum ich das alles sehen kann. Ich habe mich die ganze Zeit nicht bewegt, aber es ist mir, als schwebe meine Wahrnehmung frei in der Wohnung herum, als könne ich alles sehen, alles hören, als sei ich überall und zugleich nirgends. Nur im Flur, da wo ich mich vorhin hingesetzt habe, scheint es eine Art von Verdichtung zu geben, eine unförmige Dunkelheit.

Ich versuche, etwas zu sagen, aber es gelingt mir nicht. Dieses Gefühl, zugleich sehr schwer und sehr leicht zu sein, bewegungsunfähig und schwebend, ermüdet mich.

Hedwig isst langsam und bedächtig. Sie wischt sich den Mund mit einer Papierserviette ab, räuspert sich, trägt das schmutzige Geschirr in die Küche. Sie räumt die Küche auf, spült das Geschirr, öffnet das Fenster, um frische Luft hereinzulassen.

Ich spüre die kalte Luft, die hereinströmt, mich erfasst und zum Fenster trägt. Ich versuche mich festzuhalten, aber es gelingt mir nicht, ich habe keine Arme mehr, keine Beine, überhaupt keinen Körper.

Der Mond ist voll und scheint tatsächlich heller

als sonst und wirkt ganz nah. Es ist, als werde ich von ihm emporgezogen. Auch die Sterne sind so hell, dass sie zu flackern scheinen. Ich steige ganz langsam in die Höhe, sehe unser Haus kleiner werden, sehe unsere Straße, dann die Hauptstraße, auf der jetzt kaum noch Verkehr ist, das Viertel, den ganzen Ort. Das Licht des Mondes ist sehr hell, die Landschaft ist deutlich zu erkennen. Ich steige. Der See, die Hügel, in der Ferne die schneebedeckten Berge. Bald werde ich das Mittelmeer sehen, dann Afrika, den Atlantik, Amerika. Ich steige.

Sabrina, 2019

Als Sabrina sich zum ersten Mal sah, erschrak sie doch ein wenig. Sie hatte gewusst, worauf sie sich einließ, Hubert hatte ihr alles genau erklärt, und sie war einverstanden gewesen, mehr als einverstanden, ziemlich begeistert war sie von seiner Idee. Dass er ausgerechnet sie angesprochen hatte, hatte ihr geschmeichelt und sie glücklich gemacht für einen Tag. Erst hatte sie Angst gehabt, als er sagte, er suche ein Modell, hatte gedacht er sei einer dieser Typen, die erotische Fotos machen von jungen Mädchen, aber dann hatte sie ihn doch ausreden lassen und erfahren, dass es um etwas ganz anderes ging und dass er ein seriöser Künstler war. Da hatte sie gerne mitgemacht, obwohl sie sich nicht für Kunst interessierte oder besser gesagt keine Ahnung hatte von Kunst. Er hatte ihr viele technische Details erklärt, das ganze Verfahren, aber da hatte sie schon nicht mehr richtig hingehört, das war seine Sache, sie musste nur hübsch aussehen. Sie war dann extra in ein Museum gegangen, um sich Skulpturen anzuschauen. Sie betrachtete sie ausführlich, stellte sich vor, neben ihnen zu stehen als eine von ihnen. Sie ahmte ihre Mimik nach, ihre Posen, bis sie merkte, dass eine Aufseherin sie misstrauisch beobachtete. Sabrina empfand ein angenehmes Gefühl der Überlegenheit. Sie würde eine Dienerin der Kunst sein, das war etwas Nobles und Bedeutendes.

Hubert hatte sie gebeten, Kleider mitzubringen, in denen sie sich wohlfühle, die sie im Alltag anziehen würde. Sie hatte in ihrem kleinen Rollkoffer auch das eine oder andere schickere Outfit, das sie trug, wenn sie mit ihren Freundinnen ausging, aber er hatte sich nach einigem Hin und Her für eine Jeans mit zerschlissenen Knien, ein bauchfreies Top und Sneakers entschieden. Jedes Mal wenn sie sich umzog, drehte er sich um, was sie süß fand, aber unnötig. Sie war ja nicht verklemmt oder so, von der Arbeit im Krankenhaus war sie einiges gewohnt. Der Scanner, der wie ein großes Bügeleisen aussah, warf ein Netz aus Licht auf ihren Körper, und sie musste an die Patienten denken, die sie manchmal zum MRT begleitete oder zum Röntgen. Für einen Moment fragte sie sich, ob wohl auch Hubert mit seinem Gerät in ihr Inneres schauen und sehen könnte, was nicht einmal sie selbst von sich kannte, eine Krankheit, ein Schicksal, ein Geheimnis.

Jetzt stand sie also vor sich selbst, nur bestand diese andere Sabrina nicht aus Fleisch und Blut, sondern aus Aluminium und war eine Handbreit größer als sie, was sie irgendwie bedrohlich wirken ließ. Auch dass neben der Skulptur eine zweite identische stand, hatte etwas Beunruhigendes. Sabrina inspizierte ihr Ebenbild vielleicht genauer, als sie sich selbst jemals angeschaut hatte. Vor allem konnte sie sich aus Blickwinkeln betrachten, die in Spiegeln nicht zu sehen waren, von hinten, von der Seite. Sie kauerte sich nieder und schaute zu sich hoch, entfernte sich und kam wieder näher, trat ganz nah an eine der Figuren heran. Ihre Ohrläppchen kamen ihr plötzlich viel zu klein vor, die Ohrmuscheln seltsam mit ihren Wölbungen und Windungen. Auch ihre Körperhaltung gefiel ihr nicht, wie sie dastand mit hohlem Kreuz und etwas vorgestrecktem nacktem Bauch. Dabei ertappte sie sich dabei, dass sie auch jetzt wieder so dastand und der Skulptur ihren Bauch entgegenstreckte, als wolle sie sich mit ihr vergleichen. Sie hob ihr T-Shirt hoch, um der anderen das Bauchnabelpiercing zu zeigen, das sie immer noch trug, die Hand der Fatima, ein islamisches Symbol, das vor bösen Geistern schützen sollte, wie ihr kürzlich einer der Ärzte erklärt hatte. Sabrina hatte die kleine Hand im Laden einfach gemocht und sich piercen lassen, ohne sich viel dabei zu denken. Um den Hals trug die Metallsabrina ein Goldkettchen wie sie, an der Jeans war jede Naht zu sehen und jeder Faltenwurf, die Genauigkeit der Reproduktion war verblüffend und ein bisschen beängstigend.

Und, gefällst du dir?, fragte Hubert, der sie vorausgeschickt hatte, weil er mit dem Gießer noch etwas hatte besprechen müssen. Sie fragte sich, ob Hubert sie hübsch fand. Sie war bestimmt nicht hässlich, aber auffallend schön war sie auch nicht, da machte sie sich nichts vor. Einmal, noch als Mädchen, hatte sie ihre Mutter gefragt, ob sie sie hübsch finde, schon mit der Frage hatte sie sich gedemütigt, die Antwort der Mutter hätte es gar nicht mehr gebraucht. Aber Schönheit schien kein Kriterium zu sein für Hubert. Nach den anderen Arbeiten, die er ihr von sich gezeigt hatte, hätte sie nicht sagen können, ob er einen bestimmten Typ hatte, ob ihm schlanke oder kurvige Frauen besser gefielen, solche mit harten oder weichen Gesichtszügen, mit langen oder kurzen Haaren. Er suche ganz gewöhnliche Frauen, hatte er bei ihrem ersten Treffen gesagt und sich dann gleich dafür entschuldigt und irgendeinen Quatsch gesagt, von wegen jede Frau sei schön. Das hatte sie mehr gekränkt als getröstet. Als sie zu ihm ins Atelier gegangen war, hatte er ihr beim Kaffee auch Bilder von Skulpturen anderer Künstler gezeigt und ein Buch über Pompeji mit Fotografien von Gipsabgüssen von Toten. Ein

Mann, der versuchte, das Gesicht seiner schwangeren Frau mit seinem Gewand zu bedecken, um sie vor dem Ascheregen zu schützen, eine Frau, die ihr Baby im Arm hielt, auf der Flucht vor dem unabwendbaren Tod. Das ist ja gruselig, sagte Sabrina. Ich finde es faszinierend, sagte Hubert. Tot wären die ja ohnehin längst, aber so schauen wir sie uns immer noch an. Ich finde das nicht richtig, sagte Sabrina, ich wurde ja wenigstens gefragt, ob ich Modell stehen will.

Wie viele solcher Klone willst du eigentlich von mir machen?, fragte sie. Fünf oder sechs, sagte Hubert, kommt darauf an, wie gut sie sich verkaufen. Schenkst du mir eine? Sabrina sah seinem Gesichtsausdruck an, wie daneben ihre Bitte war. Er hatte ihr ja erklärt, wie teuer die Herstellung war, und ihr Beitrag zum Projekt war vernachlässigbar. Sie hatte ihm ihren Körper für einen Tag zur Verfügung gestellt, hatte ein paar Kleider an- und ein paar Posen ausprobiert und war dann vielleicht zwei Stunden lang still gestanden und hatte sich scannen lassen, das war's. Es gab unzählige junge Frauen, die das genausogut gekonnt und es ebenso gut und gern gemacht hätten wie sie.

Ich mache nur Spaß, sagte sie. Was würde ich denn anfangen mit so einem Teil? In mein WG-Zimmer stellen? Als Kleiderständer, dachte sie, aber der waren ihre Kleider ja ohnehin zu klein.

Wie schwer sind die eigentlich?, fragte sie und klopfte mit einem Finger an die Skulptur. Nicht anfassen bitte, sagte Hubert. So dreißig, vierzig Kilo. Sabrina lachte. Dann hast du mich also nicht nur größer gemacht, sondern auch dünner. Nur leichter, nicht dünner. Stimmt, sagte sie und verzog das Gesicht zu einer Grimasse. Als sie sich verabschiedeten, gab er ihr die Hand. Das war's dann?, fragte sie etwas enttäuscht. Komm doch zur Vernissage, sagte er und zog eine Einladung aus seiner Aktentasche.

Sabrina war noch nie bei einer Vernissage gewesen und fühlte sich auf Anhieb unwohl. Sie war mit Abstand die jüngste Besucherin. Hubert hatte sie kurz vor der Veranstaltung angerufen und gemeint, es wäre witzig, wenn sie dieselben Kleider tragen würde wie die Skulptur, und jetzt fühlte sie sich unwohl in ihrem alten Zeug. Die anderen Frauen waren geschminkt und trugen schicke Kleider und sahen alle sehr selbstsicher und irgendwie wichtig aus. Die meisten Leute schienen sich zu kennen und grüßten hin und her und lachten die ganze Zeit. Wenn Sabrina wenigstens jemanden dabeigehabt hätte, aber ihre Freundinnen hatten alle etwas Besseres vorgehabt. Sie schnappte sich ein Glas Weißwein und schlenderte durch die Ausstellung, nur ihrem Ebenbild wich sie aus, sie hatte keine Lust, von jemandem erkannt und angesprochen zu werden. Das mit den Kleidern war eine bescheuerte Idee gewesen, sie war wütend auf Hubert, auch weil er sie heute Abend nur kurz gegrüßt und dann stehengelassen hatte, um sich mit wichtigeren Leuten zu unterhalten, Leuten mit Geld und Kunstverstand, die hierhergehörten. Die Figur mochte Sabrinas Namen tragen, aber sie selbst war austauschbar.

Als der Galerist eine Ansprache hielt, war Sabrina bereits beim dritten Glas Wein. Sie spürte den Alkohol, aber wenigstens fühlte sie sich jetzt nicht mehr so unwohl wie am Anfang. Der Galerist begrüßte die Gäste und sprach über Hubert und einige der ausgestellten Werke. Das meiste von dem, was er sagte, vergaß Sabrina sofort wieder. Als er über die Skulptur Sabrina, 2019 meinte, sie wirke deplatziert in den Ausstellungsräumen, dachte sie, das hätte er ebenso gut über sie sagen können. Er sprach von der Einsamkeit der Skulptur, von ihrer Vereinzelung. Hubert gehe es nicht um eine lebensechte Darstellung, alle seine Werke seien Ausdruck eines starken Gefühls und Gedankens. Sabrina fragte sich, was für ein Gefühl das gewesen sein mochte, ganz bestimmt keines, das mit ihr zu tun hatte. Was mag dieses unscheinbare, zufällig ausgewählte Mädchen wohl denken, was sie so skeptisch in die Welt schauen lässt?, fragte der Galerist in die Runde, machte eine kurze Kunstpause und sprach dann vom nächsten Werk. Jetzt war sie also ein unscheinbares Mädchen, das verängstigt in die Welt schaute. Am liebsten wäre sie gleich verschwunden, aber irgendetwas hielt sie hier, sie wusste selbst nicht, was. Sie nahm sich noch ein Glas Wein und textete ihren Freundinnen, wo sie seien?

Ich habe Sie eben gekauft, sagte eine Stimme neben ihr und ließ sie zusammenzucken. Sie schaute von ihrem Handy hoch und sah einen vielleicht sechzigjährigen Mann, der ihr schon früher aufgefallen war, weil er sich so selbstsicher durch die Räume bewegte und links und rechts grüßte, als sei er der Hausherr. Sie hatte gesehen, dass Hubert sich längere Zeit mit ihm unterhalten und dabei irgendwie kleiner ausgesehen hatte als sonst. Der Mann streckte ihr die Hand hin, Robert Lang. Sabrina, sagte sie. Ich weiß, sagte er, Sabrina, 2019. Er lachte, aber es war kein unangenehmes Lachen. Ich hoffe, es stört Sie nicht, bald in meinem Haus zu stehen. Ich habe nie daran gedacht, dass jemand die kaufen könnte, sagte Sabrina. Aber klar, blöd, von irgendwas muss Hubert ja leben. Ziemlich gut leben sogar, sagte dieser Robert Lang und lachte wieder, Sie kosten mich eine Stange Geld. Nicht ich, sagte Sabrina, die Blechtante da, ich kriege gar nichts. Sie war halb genervt, halb geschmeichelt vom Interesse des Mannes. Ich könnte mir die nicht leisten.

Sie können ja einfach in den Spiegel schauen, sagte der Sammler. Wenn Sie Lust haben, können Sie sich gerne mal besuchen. Er reichte ihr eine Karte.

Als Sabrina später ihren Freundinnen vom Krankenhaus von diesem Gespräch erzählte, waren die sich einig, dass der Sammler etwas von ihr wollte. Der zahlt doch nicht zigtausend Franken für deine Statue, wenn er nichts von dir will, sagte Yasemin, und Tamara sagte, das sei vielleicht so ein Perverser, der Sex mit Statuen habe. Wie stellst du dir das vor?, fragte Sabrina. Die ist aus Aluminium. Tamara sagte, sie wisse auch nicht, wie das funktionieren solle, aber sie habe mal was gesehen auf YouTube. Du spinnst, sagte Sabrina, der ist überhaupt uralt.

Am nächsten Tag nach der Arbeit ging Sabrina wieder in die Galerie. Niemand war da außer einer jungen Frau, die hinter der Theke saß und ziemlich gelangweilt aussah. Wenn sie nicht ihr Handy am Ohr gehabt und irgendetwas geflüstert hätte, hätte man glauben können, sie sei selbst ein Kunstwerk. Diesmal ging Sabrina direkt zu ihrer Skulptur. Sie wirkte anders als gestern Abend, ein bisschen kleiner, und ihr Gesicht sah aus, als sei sie enttäuscht oder traurig vielleicht? Sabrina legte ihr die Hand auf den nackten Oberarm und spürte die Kühle des Metalls. Nimm's leicht, Mädchen, sagte sie leise zu ihr, der wird dir schon nichts tun. Er schien eigentlich ganz nett zu sein. Sie setzte sich auf eine Bank, die an der Wand stand, und blieb eine Weile sitzen, ohne zur Skulptur hinüberzuschauen, sie hatte einfach das Bedürfnis, bei ihr zu sein, ihr Gesellschaft zu leisten. Für einmal schaffte sie es sogar, nicht gleich ihr Handy rauszuziehen, um Nachrichten zu schreiben oder Videos zu schauen oder ein Spiel zu spielen. Sie saß einfach nur da, so ruhig und unbeweglich wie ihr Ebenbild. Was meinst du, sagte sie zu sich, sollen wir das Piercing rausnehmen? Es nervt, und im Winter sieht es ja sowieso keiner. Oder brauchst du den Schutz vor den bösen Geistern? Sollen wir uns die Haare wieder wachsen lassen? Oder ganz kurz schneiden? Das Top könnten wir auch langsam wegschmeißen, das ist total ausgebleicht. Geht's dir gut? Mama nervt, findest du nicht? Dauernd ruft sie an. Klar ist das Leben in der WG nicht so toll, wie ich es mir vorgestellt habe, besser als zu Hause ist es allemal. Aber du ziehst ja jetzt in ein schickes Haus. Vielleicht hat er noch andere Skulpturen, die dir Gesellschaft leisten.

Nach einiger Zeit kam die Frau vom Empfang und fragte, ob sie behilflich sein könne. Ich bin die da, sagte Sabrina und deutete mit dem Kopf auf die Skulptur. Ach so, sagte die junge Frau und lachte. Darf ich Ihnen einen Kaffee anbieten? Sabrina schüttelte den Kopf. Ich möchte nur noch ein bisschen hier bei ihr sitzen, sagte sie.

Sabrinas Handy signalisierte, dass eine Nachricht hereingekommen war. Yasemin fragte, ob sie sich heute Abend treffen sollten, Tamara käme auch und der finnische Praktikant und einer seiner Freunde. Sabrina war genervt von der Störung und noch mehr, als Yasemin sich nach einer halben Stunde erkundigte, ob ihre Nachricht angekommen sei. Lasst mich doch in Ruhe, murmelte Sabrina und schaltete ihr Handy aus.

Kurz vor fünf kam die Frau vom Empfang noch einmal zu ihr und sagte, die Galerie schließe jetzt. Draußen auf der Straße musste Sabrina weinen, sie kam sich selbst lächerlich vor dabei.

Solange die Ausstellung währte, ging Sabrina fast jeden Tag in die Galerie, manchmal in der Mittagspause, manchmal vor oder nach der Arbeit, je nachdem, welche Schicht sie hatte. Meistens war nur die junge Frau dort. Anfangs war sie eher abweisend gewesen, aber mit der Zeit schien sie sich an die Besucherin zu gewöhnen, und wenn außer Sabrina niemand da war und sie auch sonst nichts zu tun hatte, setzte sie sich manchmal sogar zu ihr und plauderte ein wenig mit ihr. Sie hieß Alexandra und hatte Kunstgeschichte studiert, und ihr Traum war es, irgendwann Kuratorin in einem Museum zu werden. Sabrina hatte fragen müssen, was das sei. Meistens hörte sie nur zu, sie hatte nicht viel zu erzählen, was Alexandra hätte interessieren können, Krankenhausgeschichten, welcher Assistenzarzt sie heute zusammengestaucht hatte, dass sie eine Patientin beim Rauchen im Putzraum erwischt, dass ein dementer Patient ihr an den Hintern gefasst hatte, lauter Belanglosigkeiten, die ihren Alltag ausmachten.

Wenn Yasemin oder Tamara sie in dieser Zeit fragten, ob sie mit ihnen ausgehe, ins Kino oder in eine Kneipe oder einen Club, sagte sie jedes Mal ab. Die zwei gingen ihr immer mehr auf den Geist, ihr Geschwätz und Gezicke, ihre dummen Sprüche und wie sie die Ärzte durchhechelten und den Finnen. Habt ihr nichts Besseres zu tun?, fragte sie einmal und ließ die beiden in der Kaffeeküche stehen. Auch in der WG nervten sie in letzter Zeit alle.

Bei einem Besuch Sabrinas in der Galerie sagte Alexandra, sie hätte sich nie als Modell zur Verfügung gestellt, und entschuldigte sich dann gleich, sie habe es nicht negativ gemeint. Ich kann mir das einfach nicht vorstellen, so verewigt zu werden. Ich finde, du siehst toll aus, sagte Sabrina, das wäre eine schöne Skulptur. Dann fragte sie Alexandra, ob sie auch schon von Leuten gehört habe, die Sex mit Statuen hätten. Alexandra zog die Augenbrauen hoch. Meinst du, Sabrina zögerte, meinst du der Typ, der die Skulptur von mir gekauft hat …? Alexandra lachte laut heraus. Robert Lang? Nein, ganz bestimmt nicht. Er ist ein bedeutender Kunstsammler und hat schon einige Sachen von Hubert gekauft. Mit dir hat das gar nichts zu tun. Aber er hat mich eingeladen, ihn zu besuchen, sagte Sabrina. Das hat er bestimmt nur getan, um nett zu sein, sagte Alexandra. Würdest du hingehen? Alexandra zögerte. Dann sagte sie, ich war schon da, er hat ein tolles Haus und sogar einen Pool.

Es war seltsam, aber plötzlich beneidete Sabrina ihr silbrig glänzendes Abbild darum, in diesem schönen Haus leben zu dürfen, weit weg von allen Unannehmlichkeiten des Alltags, von reizbaren Ärzten und nervigen Kolleginnen und vollen Straßenbahnen. Es kam ihr vor, als nehme die Statue den Platz ein, der eigentlich ihr zustünde.

Du musst dich langsam von deiner Schwester verabschieden, sagte Alexandra. Es war Anfang Oktober. Sabrina hatte ganz vergessen, dass die Ausstellung bald zu Ende ging, die Besuche in der Galerie waren im letzten Monat zu einem festen Bestandteil ihres Tagesablaufs geworden. Sie ist nicht meine Schwester, sagte sie, ich habe keine Geschwister. Ich bin es selbst. Am Samstag ist Finissage, sagte Alexandra mit einem Schulterzucken, willst du kommen? Hubert wird da sein und Robert Lang bestimmt auch.

Diesmal machte Sabrina sich hübsch, sie zog ihr

schönstes Kleid an, schminkte sich und lackierte sich sogar die Finger- und die Zehennägel mit dem hellblauen Nagellack, den ihr Yasemin zum Geburtstag geschenkt hatte. Aber der Sammler kam nicht zur Finissage, er sei in Japan, sagte der Galerist, als Sabrina ihn fragte. Er war ziemlich kurz angebunden, und auch Alexandra wirkte gestresst und war weniger freundlich als sonst. Hubert schien überrascht, Sabrina zu sehen, offenbar hatte ihm niemand gesagt, dass sie dauernd in der Ausstellung gewesen war. Er wirkte etwas genervt, als sie ihm davon erzählte und von den Gefühlen, die sie der Skulptur gegenüber empfand. Und dass sie wieder weinen musste, machte die Sache auch nicht besser. Hör mal, sagte Hubert, ich verstehe ja, dass das für dich etwas Besonderes ist, aber für mich ist es die normalste Sache der Welt. Die Kunstgeschichte ist voll von unbekannten Modellen, Leuten, die sich etwas dazuverdient haben, indem sie hingestanden sind und sich abmalen oder abformen ließen. Früher war das noch wesentlich mühsamer als für dich, die mussten tagelang herumstehen in schlecht geheizten Ateliers. Aber du hast mir nichts bezahlt, sagte Sabrina. Und sie trägt meinen Namen. Über Geld können wir reden, sagte Hubert, aber das mit dem Namen kann ich nicht ändern, den hat sie nun mal. Es gebe schließlich unzählige Frauen, die so hießen. Es geht nicht darum, ob du das bist oder nicht, sagte er, tut mir leid, das interessiert mich nicht. Du bist jung und hübsch, das ist nicht deine Schuld, aber die Skulptur hat mehr mit mir zu tun als mit dir. Ich will kein Geld, sagte Sabrina. Was willst du dann?, fragte Hubert. Sabrina wusste nicht, was sagen, und stürmte aus der Galerie.

Sie musste eine Schicht tauschen, um am nächsten Morgen in die Galerie gehen zu können. Schon um neun stand sie vor der verschlossenen Tür. Es war ein regnerischer Tag, und sie war froh, ein Café zu finden, von dem aus sie den Eingang im Auge behalten konnte. Die Transporteure kamen kurz vor zehn. Alexandra zog die Augenbrauchen hoch, als Sabrina an die Glastür klopfte. Hubert ist nicht da, sagte sie. Ich bin nicht wegen ihm hier, sagte Sabrina, ich möchte nur sehen, wie sie die Skulptur einpacken, nur … mich verabschieden. Komm rein, sagte Alexandra und lächelte.

Es war seltsam zuzuschauen, wie die Arbeiter mit der Skulptur umgingen. Sie trugen dünne Stoffhandschuhe und hoben sie sorgfältig hoch, und zum ersten Mal kam sie Sabrina nicht mehr vor, wie ein Abbild ihrer selbst, sondern nur noch wie ein Stück totes Metall. Die Arbeiter schlugen die Figur in durchsichtige Plastikfolie ein, legten sie in eine gepolsterte Holzkiste, fixierten sie mit Schaumstoffmatten. Sie schlossen den Deckel und schraubten ihn fest. Sabrina kauerte neben der Kiste nieder und legte ihre Hand darauf. Es kam ihr vor, als knie sie neben ihrem eigenen Sarg. Sie war nahe daran, wieder zu weinen, aber diesmal konnte sie sich beherrschen.

Die Sachen würden erst am nächsten Tag abgeholt, sagte Alexandra und brachte Sabrina zur Tür. Sie erzählte ihr von der nächsten Ausstellung, fotografische Arbeiten von einer vielversprechenden jungen Künstlerin. Wenn du willst, nehme ich dich in die Mailingliste auf, dann kriegst du alle Einladungen. Sabrina bedankte sich und schüttelte den Kopf. Eigentlich interessiere ich mich nicht für Kunst. Bist du sicher?, fragte Alexandra. Soll ich Hubert grüßen, wenn er kommt? Nicht nötig, sagte Sabrina und ging.

Sie lief in Richtung Stadtzentrum. Es war erst elf, sie hatte noch drei Stunden bis zum Anfang ihrer Schicht. Es fiel ein ganz feiner Regen, die Seepromenade war ausgestorben. Sabrina verspürte eine große Leere, ihr Leben, mit dem sie vorher ganz zufrieden gewesen war, schien ihr plötzlich langweilig und schal. Sie sei unbedeutend, hatte Hubert gesagt, das war schlimmer, als wenn er gesagt hätte, sie sei hässlich oder dumm oder böse. Sie wünschte, er hätte sie nie angesprochen. Jetzt war ihre Durchschnittlichkeit verewigt, und sie würde immer dieses unscheinbare Mädchen bleiben mit seinem traurigen Blick und der ungelenken Haltung. Sie setzte sich auf eine der nassen Bänke, hob ihr T-Shirt ein wenig hoch, nahm das Bauchnabelpiercing sorgfältig heraus und warf es in den See.

Noch am selben Tag hatte Sabrina Robert Lang eine E-Mail geschickt und auch gleich eine Antwort gekriegt. Seine Sekretärin schrieb, Herr Lang sei auf einer Geschäftsreise. Nach seiner Rückkehr werden wir uns bei Ihnen melden, schrieb sie. Eine Woche später kam eine Mail vom Sammler persönlich, wieder in der zugleich höflichen und ironischen Art, mit der er sie schon bei der Vernissage behandelt hatte. Er schrieb, die Skulptur von ihr stehe inzwischen in seinem Haus, er habe ein schönes Plätzchen für sie gefunden, und natürlich halte er sein Versprechen und gewähre Sabrina ein Besuchsrecht. Er hätte am Freitagabend Zeit, so um acht. Seine Sekretärin werde ihr die Adresse und eine Wegbeschreibung schicken.

Robert Lang wohnte in einer Gemeinde am rechten Seeufer, das Haus lag in einem Villenquartier hoch oben am Hang, von wo aus man den halben See überblicken konnte und am Horizont die Berge sah. Sabrina hatte sich wieder schön gemacht, sie trug einen kurzen Jeansrock und eine halb durchsichtige Bluse. Sogar eine neue Frisur hatte sie sich machen lassen, sie trug die Haare jetzt kürzer als vorher und hatte sich die Fingernägel dunkelbraun lackiert. Eine ältere Dame öffnete ihr die Tür, grüßte freundlich und sagte, Herr Lang erwarte sie. Sie führte Sabrina in ein großes, offenes Wohnzimmer, vor dessen riesigen Fenstern ein gepflegter Garten mit einem Pool lag. Herr Lang war ihnen entgegengekommen, er schüttelte Sabrina die Hand und fragte, was er ihr anbieten dürfe. Die ältere Dame verschwand, ohne noch etwas zu sagen. Sie sehen ganz anders aus als bei unserer ersten Begegnung, sagte Robert, irgendwie erwachsener. Haben Sie sich die Haare schneiden lassen?

Es war seltsam, dass der Sammler bei sich zu Hause unsicherer wirkte als in der Galerie. Nachdem er zwei Gläser Weißwein aus der Küche geholt, Sabrina eines gereicht und mit ihr angestoßen hatte, entstand eine peinliche Stille. Robert begann, von seiner Japanreise zu erzählen, brach aber nach einer Weile mitten im Satz ab und sagte, das interessiere sie bestimmt nicht. Ja, sagte sie und lachte. Und Sie haben tatsächlich nichts fürs Modellstehen gekriegt? Sabrina schüttelte den Kopf. Ich habe es ja gern gemacht. Das ist doch kein Grund, jemanden nicht zu bezahlen, sagte Robert. Wie viel Zeit hat Sie das denn gekostet? Einen Tag, sagte Sabrina, einen halben, ein bisschen mehr. Ich würde Ihnen gerne etwas dafür geben, sagte Robert und zog seine

Brieftasche heraus. Sabrina lachte. Auf gar keinen Fall nehme ich Geld von Ihnen. Wie würde das denn aussehen. Es sieht ja niemand zu, sagte er und lachte auch. Nein, sagte Sabrina so bestimmt, dass er ohne Widerrede die Brieftasche einsteckte. Wieder war es einen Moment lang still, dann sagte Robert, es ist auch für mich sonderbar, diese Skulptur zu besitzen. Wenn sie modelliert wäre oder in Stein gehauen, wäre es etwas anderes, aber es ist, als habe man sie direkt ab Ihrem Körper geformt. Es fehlt der künstlerische Eingriff, das macht die Figur so lebendig. Ich wage nicht, sie anzufassen. Er hob die Hände, als wolle er Sabrina umarmen, und ließ sie wieder sinken. Aber Sie sind ja gekommen, um sie zu sehen. Kommen Sie mit.

Er führte Sabrina durch das ganze Haus, das er offenbar allein bewohnte. Auch die alte Frau schien nicht mehr da zu sein. Fast in jedem Raum hingen oder standen Kunstwerke, manchmal nannte Robert einen Titel oder den Namen des Künstlers oder der Künstlerin. Mit den meisten der Sachen konnte Sabrina nichts anfangen, aber sie ließ es sich nicht anmerken und gab sich sogar Mühe, einigermaßen interessiert auszusehen und dann und wann eine Frage zu stellen oder eine Bemerkung zu machen.

Die Skulptur von ihr stand in der Bibliothek, den Rücken zu den Büchern, den Blick auf die Landschaft gerichtet. Das ist ein guter Platz, sagte

Sabrina, stellte sich neben ihr Ebenbild und schaute ebenfalls aus dem Fenster, von hier aus kann sie sogar den See sehen. Mögen Sie Wasser?, fragte Robert. Ja, sagte Sabrina, ich bin Krebs, Krebse mögen Wasser.

Es war Nacht, der See war nur als dunkle Fläche zu sehen, begrenzt von den Lichtern am gegenüberliegenden Ufer, die sich im Wasser spiegelten. Sabrina dachte an den Abend mit Robert Lang. Sie hatten viel Wein getrunken und über alles Mögliche geredet, von den Sternzeichen waren sie zu ihren Familienverhältnissen gekommen, zu ihren Lebensläufen, ihren Hobbys, ihren Beziehungen oder besser dazu, dass sie beide keine Beziehung hatten und auch nicht wirklich eine wünschten. Ich habe einfach nie die Frau gefunden, bei der ich dachte, die Investition lohnt sich, sagte Robert. Ich fand die Männer, die sich für mich interessierten, immer langweilig, sagte Sabrina. Die Vorstellung, dass sie mich anfassen würden und wer weiß was noch, hat mich angeekelt. Ich muss schon den ganzen Tag die Patienten anfassen, das reicht mir. Sie musste daran denken, wie Yasemin gesagt hatte, der Sammler wolle bestimmt etwas von ihr, aber das war es nicht. Das ist es nicht, sagte Robert. Ich habe es gleich gewusst, als ich Sie gesehen habe, dass Sie hierhergehören.

Es war warm und still, Sabrina war auf angenehme Art schläfrig. Robert hatte jemanden, der für ihn putzte, und jemanden, der für ihn kochte, jemanden für den Garten, der sich auch um den Pool kümmerte, eine Sekretärin und eine Assistentin. Warum sollte sie nicht auch zu dieser kleinen Gemeinschaft gehören? Tamara und Yasemin würden ihre neue Existenz bestimmt langweilig finden, aber sie hatten ohnehin nie wirklich begriffen, was Sabrina erwartete vom Leben, und Sabrina hatte nie verstanden, was ihre Arbeitskolleginnen bewegte. Wenn sie ehrlich war, hatte sie die beiden nie wirklich gemocht.

Sabrina stand am Fenster der Bibliothek und schaute hinaus auf den See, sie sah die Lichter am anderen Ufer eins nach dem anderen ausgehen und dann auch die langen Ketten der Straßenlaternen. Als sie am Morgen wieder angingen, waren sie kaum zu sehen durch den Nebel, der über dem See lag. Sie sah die Züge vorüberfahren, die Autos, all die Leute, die jetzt zur Arbeit gingen und am Abend müde und frustriert zurückkehren würden. Sie sah, wie der Nebel sich auflöste, sah das Wasser des Sees im Herbstlicht funkeln. Später zogen Wolken auf. Manchmal regnete es, oder der Nebel blieb den ganzen Tag über liegen. Die Tage wurden kürzer, die Bäume verloren ihre Blätter, der erste Schnee fiel. Robert war in die Bibliothek gekommen, sie hörte, wie er ein Buch aus dem Regal nahm, darin blätterte. Aber sie wusste schon, dass er nicht deswegen hier war, dass er so ungeduldig, so voller Erwartungen war wie sie. Er stellte das Buch zurück und trat neben sie und schaute wie sie aus dem Fenster. Er betrachtete die Landschaft und dann sie mit einem liebevollen, zärtlichen Blick. Aus den Augenwinkeln sah sie, wie er die Hand hob und wieder sinken ließ. Wenn sie gekonnt hätte, hätte sie gelächelt.

Die Frau im grünen Mantel

Es war beschämend und zugleich faszinierend, mit welcher Ängstlichkeit und Verzagtheit ich das Krankenhaus betrat, nachdem ich mein gesamtes Berufsleben darin verbracht hatte. Vor zehn Jahren war ich in Pension gegangen, und jetzt kam ich also zurück, aber diesmal war ich nicht auf der Seite der Heilenden, sondern auf jener, die geheilt werden sollten. Wenigstens führte mein Weg nicht durch die Notaufnahme, wo ich meine Karriere begonnen hatte, ich reiste an wie ein Hotelgast, einen kleinen Koffer in der Hand und die Zeitung unter dem Arm. Die Rezeption sah inzwischen auch fast aus wie in einem Hotel, sogar ein Blumenstrauß stand da, und im Wartebereich lagen Hochglanzzeitschriften. Es hätte nicht viel Phantasie gebraucht, mir einzureden, ich sei für einen Kuraufenthalt hier und nicht für eine lebensbedrohliche Operation. Der Chefarzt hatte es sich nicht nehmen lassen, mich persönlich zu begrüßen, aber da er gerade auf Visite war, bat mich die Frau vom Empfang, mich kurz in den Wartebereich zu setzen. Er wird gleich bei Ihnen sein.

Ich hatte es mir eben auf einem der Designersessel bequem gemacht, als eine Frau in einem kurzen hellgrünen Regenmantel an die Rezeption trat. Ich wunderte mich über ihre Kleidung, es war ein warmer Maitag, und wenn die Prognose stimmte, würde das Wetter für die nächsten Tage so bleiben. Die Frau hatte eine jener Stimmen, die nicht laut sind, aber weit tragen, eine Stimme, die mir bekannt vorkam, aber die ich nicht einordnen konnte. Sie fragte nach einem Arzt, den ich dem Namen nach kannte, einem Gastroenterologen, der, kurz bevor ich in Rente ging, eingestellt worden war. Was der Frau geantwortet wurde, konnte ich nicht verstehen.

Sie war schmal gebaut, von hinten hätte man sie für eine junge Frau halten können, aber als sie sich umdrehte und in den Wartebereich kam, sah ich, dass sie wohl ungefähr in meinem Alter war. Sie schien nervös zu sein, saß auf der Kante des Sessels und nestelte an ihrem Mantel herum. Sie nahm eine Frauenzeitschrift vom Tischchen, legte sie gleich wieder zurück, stand auf, um sich am Wasserspender einen Pappbecher zu füllen, den sie noch im Stehen austrank und wegwarf. Ich fragte mich, was ihr fehlte, ob sie überhaupt krank war oder vielleicht die Angehörige eines Patienten oder einer Patientin. Kaum hatte sie sich hingesetzt, sprang sie wieder auf, machte ein paar Schritte in Richtung

Empfang und blieb dann unschlüssig stehen. Sie schien den Blumenstrauß zu betrachten, und jetzt erst fiel mir ein, an wen sie mich von Anfang an erinnert hatte, eine Patientin, die mich vor vielen Jahren als Assistenzarzt beschäftigt hatte.

Ich hatte erst vor kurzem meine Stelle auf der Notaufnahme angetreten und hatte Nachtdienst. Es war Anfang der Woche, und nicht viel war los. Ich hatte mir eben einen Kaffee geholt, als die Frau vom Empfang sagte, ich hätte eine Patientin, aber ich könne ruhig erst den Kaffee trinken, es sei nichts Dramatisches. Als ich den Vorhang der Koje beiseiteschob, erschrak ich ein wenig, weil direkt dahinter eine junge Frau stand. Sie war schlank und wirkte irgendwie farblos, als sei sie weniger deutlich gezeichnet als der Rest der Welt. Sie trug ein Kleid, das aussah, als habe sie es selbst genäht. Die rechte Hand hielt sie von sich gestreckt wie einen Gegenstand. Ich stellte mich vor und streckte ihr die Hand hin und zog sie, meinen Fehler bemerkend, gleich wieder zurück. Mirjam, sagte sie und streckte ihre Linke aus. Zeigen Sie mal her, sagte ich. Sie hatte einen ziemlich großen Splitter in der Handfläche, die Stelle war gerötet, sie schien entzündet zu sein. Ich fragte, wann das passiert sei. Soll ich mich hinlegen?, fragte die Frau und deutete auf die Pritsche, die hinten in der Koje stand. Ihre Stimme war warm und tief, sie passte nicht zu diesem schmalen, nervösen Wesen. Setzen Sie sich, sagte ich.

Ich musste einen kleinen Schnitt machen, um den Splitter zu entfernen. Mirjam schaute mir dabei zu, ohne mit der Wimper zu zucken. Ich desinfizierte die Wunde und klebte ein Pflaster drauf. Das war's. Die Frau schien etwas enttäuscht zu sein, als ich sie zum Empfang begleitete und ihr einen schönen Abend wünschte. Im Warteraum saß jetzt eine Mutter mit einem vielleicht sechsjährigen Jungen, der sehr bleich war und leise wimmerte. Er ist die Treppe heruntergefallen, sagte die Mutter, als ich an ihr vorbeiging, sein Fuß. Ich bin gleich bei Ihnen, sagte ich.

Die Frau im grünen Regenmantel hatte auf dem Absatz kehrtgemacht und ging in Richtung Westflügel, wo die Notaufnahme war. Ich ließ meinen Koffer stehen und folgte ihr durch die schmalen Flure, durch die ich so oft gegangen war, aber die jetzt ganz anders auf mich wirkten als früher, ein Labyrinth, aus dem ich vielleicht nie wieder herausfinden würde. Die Patienten, die hier und da in kleinen Wartebereichen saßen und auf eine Konsultation oder ein Resultat warteten, schienen mir schadenfreudig nachzuschauen, im Vorbeigehen hörte ich einzelne Worte, Oberschenkelknochen, meine Tochter, ein halbes Jahr. Ich wusste nicht, wie lange ich hierbleiben musste, ob die Operation überhaupt glücken würde. Erst operieren wir, hatte der Kollege gesagt, dann schauen wir weiter.

Die Frau ging scheinbar ziellos durch die Gänge, von einer Abteilung in die nächste. Manchmal blieb sie stehen, zögerte, ging eine Treppe hoch oder hinunter. Sie las irgendwelche Mitteilungen auf einem der Anschlagbretter, warf einen Blick auf die Landschaftsfotografien, mit denen die Wände geschmückt waren. Wenn Ärzte oder Ärztinnen ihr entgegenkamen, verlangsamte sie ihre Schritte, als wolle sie sie ansprechen, aber sie tat es nie. Der eine oder andere nickte ihr zu, als erinnere er sich vage, sie einmal behandelt zu haben. Obwohl ich die Frau die ganze Zeit nur von hinten sah, wurde ich immer sicherer, dass es Mirjam war, die sich hier noch immer herumtrieb nach all den Jahren.

Ich ließ die Mutter und ihren Jungen in eine der Kojen bringen und versprach, gleich bei ihnen zu sein. Als ich vor das Gebäude trat, um eine Zigarette zu rauchen, stand Mirjam immer noch da, als warte sie auf jemanden. Sie bat mich um eine Zigarette. Ich gab ihr Feuer, und wir rauchten schweigend, aber einander zugewandt. Mirjam blies den Rauch seitwärts aus dem Mund und machte ein spöttisches Gesicht dabei, sie wirkte wie jemand, der noch nie geraucht und die Gesten jemandem abgeschaut und auswendig gelernt hat. Es war Anfang März, aber die letzten Tage waren ungewöhnlich warm gewesen. Ich hatte schon einige Nachtdienste hinter mir, und wie immer in diesen Wochen hatte ich zu wenig geschlafen und war zugleich müde und sehr wach, dünnhäutig und nervös. Nach wenigen Zügen lachte Mirjam ohne Grund auf, warf die Zigarette auf den Boden und trat sie ungeschickt aus. Sie wünschte mir einen schönen Abend und ging mit schnellen Schritten davon. Sie musste spüren, dass ich ihr nachschaute, ihre Bewegungen wirkten bewusst wie die eines Models auf dem Laufsteg. Sie verschwand in der Dunkelheit, ich drückte meine Zigarette aus und ging zurück an die Arbeit.

Wenige Tage nach ihrem ersten Besuch kam Mirjam wieder in die Notaufnahme. Sie sei schon am Nachmittag da gewesen und habe nach mir gefragt, flüsterte die Frau vom Empfang. Als sie erfahren hatte, dass ich immer noch Nachtdienst mache, habe sie gesagt, sie würde später wiederkommen.

Mirjam fragte, ob ich immer in der Nacht arbeite. Nur noch heute, sagte ich, dann habe ich eine Woche Tagdienst. Ihr Fuß war geschwollen, sie sagte, sie sei auf der Treppe gestrauchelt. Diesmal ließ ich sie auf den Behandlungstisch liegen. Sie trug keine Strümpfe, nur Ballerinas, und ihre Füße waren eiskalt. Ich machte die üblichen Untersuchungen, bewegte den Fuß hin und her, fragte, ob diese oder jene Bewegung weh tue. Mirjam wirkte etwas ratlos, ihre Antworten waren beliebig und ergaben kein klares Bild einer Verletzung. Schließlich ließ ich den Fuß röntgen. Ich beschäftigte mich mit anderen Fällen, es war viel los in dieser Nacht, und Mirjam musste lange warten, bis ich endlich Zeit hatte, mir die Röntgenbilder anzuschauen und sie mit ihr zu besprechen. Obwohl ihr Fuß verletzt war, ging sie in der Koje hin und her, als ich wieder zu ihr kam, als sei es ihr unmöglich still zu sitzen. Sie hörte kaum zu, was ich sagte. Es ist nichts Ernsthaftes, nur eine Verstauchung. Ich machte ihr einen Stützverband und riet ihr, bessere Schuhe anzuziehen, die ihr mehr Halt gäben.

Als ich an einem der nächsten Morgen auf die Station kam, saß Mirjam schon im Warteraum. Sie war die einzige Patientin, die Morgen waren meistens ruhig. Mirjam war in Gedanken versunken, als ich sie grüßte, schrak sie auf. Ich bin gleich bei Ihnen, sagte ich. Der Kollege vom Nachtdienst rapportierte kurz, was in der Nacht los gewesen war, erklärte mir die paar Fälle, die noch nicht abgeschlossen waren. Ein junger Mann, der sich vor einer Woche Fett am Bauch hatte absaugen lassen und in der Nacht in eine Schlägerei verwickelt worden war, klagte über starke Bauchschmerzen und wollte nicht nach Hause gehen, obwohl die Ultraschalluntersuchung unauffällig gewesen war.

Mirjam saß schon in einer der Kojen und wartete auf mich. Ich hatte sie eben begrüßt, als ich weggerufen wurde. Ein Handwerker mit einer stark blutenden Schnittwunde am Arm war in die Notaufnahme gebracht worden, und ich musste mich um ihn kümmern. Nach einer Stunde war ich wieder bei ihr. Sie saß in der Koje, lächelte und sagte, sie habe Bauchschmerzen. Wo genau, fragte ich. Hier, sagte sie und machte mit der Hand kreisende Bewegungen über ihren Bauch wie jemand, der einem fremdländischen Kellner zeigen will, dass ihm das Essen schmeckt. Dann müssen Sie zuerst zu meinem Kollegen von der inneren Medizin, sagte ich, ich weiß nicht, warum man sie hierhergebracht hat. Ich habe nach Ihnen gefragt, sagte sie, Sie sind doch mein Arzt. Aber für Bauchschmerzen ist die andere Seite zuständig, sagte ich. Das hier ist die Chirurgie. Haben Sie denn keinen Hausarzt? Mirjam sagte, so schlimm sei es nicht. Ob ich nicht eine Ausnahme machen könne? Ich fragte, ob sie oft Bauchschmerzen habe, was sie in den letzten Tagen gegessen habe, ob ihr Stuhlgang in Ordnung sei. Und wie sind die Schmerzen, können Sie sie beschreiben auf einer Skala von eins bis zehn? Nein, sagte Mirjam. Sie sagte, sie sei in der Nacht aufgewacht und habe Angst gehabt. Ich gab ihr eine

Probepackung Panadol und sagte, sie solle regelmäßig essen und viel trinken. Enttäuscht fragte sie, ob ich sie nicht untersuchen wolle. Sie hatte irgendwo von Ultraschalluntersuchungen gehört. Ich sagte, dafür gebe es keinen Grund. Falls die Schmerzen nicht nachließen, müsse sie sich wirklich an die Kollegen von der inneren Medizin wenden. Ich sagte, sie könne jederzeit in die Notaufnahme kommen, aber bitte nicht wegen jeder Lappalie. Sie schaute mich an mit gekränktem Blick, stand auf und ging.

Ich hatte schon damit gerechnet, dass sie sich bei der Krankenhausleitung über mich beschweren würde, aber am nächsten Tag stand ein großer Blumenstrauß im Aufenthaltsraum. Den hat deine Patientin gebracht, sagte die Frau vom Empfang und grinste.

Die Frau im grünen Regenmantel ging immer noch ruhelos durch die Flure, wir waren durch die Kardiologie gekommen und durch die Gefäßchirurgie. Ich war froh, dass wir niemandem begegnet waren, der mich kannte und mich fragen würde, was ich hier zu suchen hätte. Anfangs hatte ich noch Distanz gehalten, aber die Frau hatte sich kein einziges Mal umgedreht, und mit der Zeit kam ich ihr immer näher, ohne dass sie mich zu bemerken schien. Sie schaute kurz in den Andachtsraum, als suche sie jemanden, aber sie kam gleich wieder heraus.

Einmal verschwand sie in der Toilette, aber auch da blieb sie nicht lange.

Ich musste an meinen Hausbesuch bei ihr denken und fragte mich, wie es dazu hatte kommen können. Vermutlich hatte ich mir eingeredet, es sei meine Pflicht als Arzt, ihr zu helfen, aber insgeheim hatte sie mir wohl einfach gefallen, hatten ihre Anhänglichkeit und ihr Vertrauen mir geschmeichelt und mich verführt, gegen alle Regeln meines Berufes zu verstoßen.

An jenem Abend, zwei oder drei Wochen nach unserer ersten Begegnung, klingelte kurz vor Mitternacht mein Telefon. Ich erkannte sofort Mirjams Stimme, sie sprach langsam und sehr beherrscht, als müsse sie sich konzentrieren, nichts Falsches zu sagen. Sie sei in einer Telefonzelle, sagte sie. Sie habe sich in den Arm geschnitten, ob ich kommen könne. Ich sagte, sie solle ein Pflaster auf die Wunde kleben. Es ist ziemlich tief, sagte sie, ich habe viel Blut verloren. Dann rufen Sie den Notarzt, sagte ich genervt, ich bin nicht im Dienst. Bitte kommen Sie vorbei, sagte Mirjam und gab mir die Adresse. Ich warte auf Sie.

Ich nahm meine Notfalltasche und rannte die Treppe hinunter. Ich musste lange auf die Straßenbahn warten und einmal umsteigen. Obwohl es nicht weit war, dauerte es fast eine halbe Stunde, bis ich da war. Mirjam wohnte in einem von zwei identischen Hochhäusern, die aus den fünfziger Jahren stammen mussten und ziemlich heruntergekommen wirkten. Sie standen am Rand einer großen Wiese mit Bäumen und einem Spielplatz. Jenseits der Straße war das Fußballstadion, das jetzt, wo es leer stand, eine Art Vakuum zu erzeugen schien, eine Atmosphäre der Verlorenheit.

Mirjam trug ein bunt gemustertes Nachthemd, ich fragte mich, ob sie so zur Telefonzelle gegangen war. Ihr linker Unterarm war in ein Küchentuch gewickelt, das rot war von Blut. Ihr Gesicht war sehr bleich. Ich sagte, sie solle sich hinsetzen und den Arm auf den Küchentisch legen. Wie ist das passiert, fragte ich und entfernte vorsichtig das Tuch. Der Schnitt ging von der Mitte des Unterarms bis zum Handgelenk, zum Glück war die Pulsader nicht verletzt. Mirjam schaute mich nur an mit einem halb ängstlichen, halb faszinierten Blick. Als ich ihren Arm betrachtete, bemerkte ich erst die vielen Narben, die sie hatte. In der Nähe der Armbeuge war ein kleines blaues Kreuz in einem Strahlenkranz tätowiert, eine unbedarfte, vermutlich selbstgemachte Arbeit. Ich spürte eine seltsame Anziehung, und ich konnte nicht anders, als die Stelle an Mirjams Arm zu berühren, ganz sanft nur. Sie reagierte nicht, ließ es geschehen. Ich weiß nicht, wie lange wir so nebeneinandersaßen, verbunden durch die Berührung. Plötzlich wurde mir bewusst, was ich da tat, und ich zog meine Hand zurück und räusperte mich. So schlimm, wie es aussieht, ist es nicht, sagte ich, Sie haben Glück gehabt. Ich werde ein paar Stiche nähen müssen. Aber eine Bagatelle ist es nicht, sagte Mirjam. Ich schüttelte den Kopf. Nein, sagte ich, es ist keine Bagatelle. Ich fragte, ob sie ein Auto hätte, dann könne ich sie ins Krankenhaus fahren. Sie schüttelte den Kopf. Können Sie es nicht hier machen?

Sie wollte keine Lokalanästhesie, sagte, sie sei nicht empfindlich. Während ich die Wunde nähte, zuckte sie kein einziges Mal, als gehöre der Arm nicht zu ihrem Körper. Sie schaute mir bei der Arbeit zu, was mich irritierte, ich hatte noch nie einen Patienten gehabt, der beim Nähen nicht weggeschaut hätte. Als ich fertig war, fragte ich noch einmal, wie das passiert sei. Mit einem Messer, sagte Mirjam. Wie mit einem Messer? Ich habe mich geschnitten, sagte sie. Ich verband den Arm und sagte, sie solle morgen im Krankenhaus anrufen, damit wir einen Termin abmachen könnten, um die Fäden zu ziehen. Sie wollte aufstehen, aber ich sagte, sie solle noch einen Moment sitzen bleiben. Sie war immer noch sehr bleich und wirkte müde.

Ich schaute mich in der Küche um. Die Einrichtung musste aus derselben Zeit stammen wie die Häuser. Am Fenster standen ein paar Töpfe mit

Küchenkräutern. Der Tisch und die Stühle waren alt und sahen aus, als stammten sie vom Trödel, aber alles wirkte sauber und aufgeräumt. Ich dachte an meine eigene, moderne Küche, an meine Wohnung, in der ich mich nicht wohlfühlte. Außer Kaffee kochte ich kaum etwas, nur manchmal abends eine Kleinigkeit, wenn ich spät heimkam und keine Lust hatte, noch einmal auszugehen. Es mag seltsam klingen, aber ich fühlte mich in Mirjams Küche viel mehr bei mir als in meiner eigenen. Es kam mir vor, als sei ich genau da, wo ich sein sollte.

Dann mache ich mich mal wieder auf den Weg, sagte ich und stand auf. Ich streckte ihr die Hand hin, und sie nahm sie in ihre, führte sie zum Mund und küsste sie. Können Sie nicht bei mir bleiben?, fragte sie.

Die Frau im Regenmantel war die Treppe hinunter in die Cafeteria gegangen. Sie holte sich an der Selbstbedienungstheke einen Tee. Ich stand jetzt direkt hinter ihr und ließ mir einen Espresso aus dem Automaten.

Sie setzte sich an einen kleinen Tisch mitten im Raum, ich mich an einen an der Wand, von dem aus ich sie beobachten konnte. Ich war nicht oft in der Cafeteria gewesen. Wir hatten auf der Abteilung eine Maschine gehabt, die besseren Kaffee machte als die Automaten hier, und ich mochte es ohnehin nicht, mich unter die Patienten zu mischen. Zum ersten Mal fiel mir auf, wie unterschiedlich die Patienten und die Angestellten auftraten, es hätte der weißen Kittel und der Ausweise gar nicht bedurft, um sie zu unterscheiden. Man konnte die Macht spüren, die die einen über die anderen hatten, man sah es ihren selbstsicheren Bewegungen an, der Selbstverständlichkeit, mit der sie dasaßen und miteinander plauderten. Jetzt gehörte ich also zu den Anderen, die mit fragenden, suchenden Augen dasaßen, die wegschauten, wenn sie meine Blicke trafen, als schämten sie sich für ihre Versehrtheit.

Mirjam rief nicht an, um einen Termin zu vereinbaren. Da sie kein Telefon hatte, schrieb ich ihr nach ein paar Tagen eine Postkarte, fragte, wie es ihr gehe, ob die Wunde gut verheile, dass sie die Fäden ziehen lassen müsse, ob wir uns wiedersehen könnten. Sie antwortete nicht.

Ich hatte nie viele Freunde gehabt, aber ich war kein ungeselliger Mensch. Ich mochte es, beim Mittagessen mit meinen Kollegen zu diskutieren, mit den Patienten zu reden, die mir ihre Geschichten erzählten, mit den Pflegerinnen über ihre Ferienpläne oder die Probleme mit ihren Männern und Kindern. Dabei hörte ich mehr zu, als dass ich selber sprach, von mir gab es nicht viel zu erzählen. Ich war meist einer der Letzten, die vom Mittagstisch aufstanden. Manchmal begleitete ich einen Ophthalmologen, den ich mochte, zu seiner Abteilung, obwohl die Notaufnahme am anderen Ende des Geländes lag. Wir gingen zusammen durch den Park und redeten. Der Kollege fragte, ob ich schon im See gebadet hätte in diesem Jahr. Er sagte, er habe von einer schönen Badestelle gehört, einer Wiese, wo meist nicht viele Leute seien. Eine Patientin habe ihm davon erzählt. Sie hat mir Blumen gebracht, sagte er, stell dir vor, einen riesigen Strauß. Hast du schon einmal Blumen gekriegt von einer Patientin? Wie heißt sie?, fragte ich. Ich bin furchtbar schlecht mit Namen, sagte er. Aber seine Beschreibung war unverkennbar, es musste Mirjam sein. Was hat sie?, fragte ich. Diffuse Beschwerden, sagte er, ein Flimmern in einem Auge. Ich habe nichts gefunden.

Am Nachmittag rief ich auf der Verwaltung an und fragte nach der Krankenakte Mirjams. Die Sachbearbeiterin fand den Namen nicht im System. Am nächsten Tag erkundigte ich mich beim Mittagessen bei meinen Kollegen nach ihr. Einige konnten sich nicht an den Namen erinnern, aber sie erinnerten sich an die vielen Narben auf ihrem Körper, an ihre tiefe Stimme und an das tätowierte Kreuz. Mirjam war in mindestens sechs Abteilungen in Behandlung gewesen, seit sie vor vier Monaten zum ersten Mal in der Notaufnahme aufgetaucht war. Überall hatte sie über diffuse Beschwerden geklagt, hatte irgendwohin gezeigt und etwas erzählt, Sehstörungen, Kopfschmerzen, Lähmungsgefühle, Appetitlosigkeit. Was in den Ratgeberspalten der Frauenzeitschriften eben besprochen wurde. Die Kollegin von der Gynäkologie hatte sich geweigert, sie zu untersuchen, die anderen hatten sie aus Gutmütigkeit behandelt oder weil sie ihnen gefiel und hatten dann versäumt, sie nach ihrer Kasse zu fragen oder eine Rechnung zu stellen. Allen schien es ein wenig peinlich zu sein, und ich fragte mich, ob sie mir die ganze Geschichte erzählten. Manchen hatte Mirjam Blumen gebracht, das gaben sie zu, und irgendwann war sie jeweils nicht mehr zu den Terminen erschienen. Ihr fehlt nichts, sagte ein Kollege von der inneren Medizin, aber sie hat etwas. Sie hat alles, sagte der Ophthalmologe und lachte.

Meine Kollegen fanden nichts dabei, dass Mirjam das ganze Krankenhaus auf Trab hielt. Sie erzählten von ganz anderen Fällen, von hysterischen Lähmungen, Scheinschwangerschaften, von Versicherungsbetrügern, die jahrelang schwere Krankheiten vorgetäuscht hatten, einer sogar Blindheit. Wenn wir keine eingebildeten Kranken hätten, könnten wir den Laden gleich zumachen, sagte ein Dermatologe, den Mirjam wegen Juckreiz konsultiert hatte.

Die Frau im grünen Mantel war durch einen Hinterausgang in den Park getreten, und ich folgte ihr. Nach ein paar Schritten blieb sie stehen, um aus der Distanz einer jungen übergewichtigen Frau zuzuschauen, die auf einer Bank saß, neben sich einen Infusionsständer. Sie aß ein Sandwich und brach immer wieder kleine Stücke davon ab, um die Spatzen zu füttern, die zu ihren Füßen herumhüpften. Die längste Zeit stand die Frau im Regenmantel da und schaute zu, dann drehte sie abrupt um und ging an mir vorbei zurück ins Gebäude, anscheinend ohne mich wahrzunehmen oder gar zu erkennen.

Ich erinnerte mich, dass Mirjam mir einmal gesagt hatte, sie sei gern im Krankenhaus. Sie fühle sich hier sicher. Und sie liebe den Park hinter dem Hauptgebäude, die alten Eichen und die Birken und die Ärzte und Ärztinnen in ihren weißen Kitteln. Es muss schön sein, Menschen zu helfen, sagte sie. Es ist anstrengend, sagte ich. Oft wissen die Leute selbst nicht, was ihnen fehlt, können kaum sagen, wo es ihnen weh tut. Und was fehlt dir?, fragte sie. Nichts, sagte ich, aber schon, als ich es sagte, wusste ich, dass das nicht stimmte. Wenn es so einfach wäre, sagte ich. Inzwischen wusste ich, was mir fehlte, aber das machte die Sache auch nicht leichter.

Mirjam hatte mir die Geschichten einiger ihrer Narben erzählt, einer Verbrennung, eines Schnittes, einer Stelle an ihrer Hüfte, an der die Haut gerötet war und dünn wirkte wie Pergament. Ich legte meine Hand auf die Narben, von denen sie sprach, als könne ich sie so zum Verschwinden bringen.

Ohne dass ich es recht bemerkt hatte, hatte die Frau im grünen Regenmantel mich zurück in die Eingangshalle geführt. Am Empfang stand der Chefarzt. Als er mich sah, kam er mit schnellen Schritten auf mich zu, die Hand zum Gruß ausgestreckt. Wir dachten schon, Sie hätten es sich anders überlegt und das Weite gesucht, sagte er lachend und schüttelte mir die Hand. Er redete auf mich ein, sprach über den bevorstehenden Umbau des Krankenhauses, die kaufmännische Direktorin, die immer nur die Kosten drücken wolle, einen Prozess wegen eines ärztlichen Kunstfehlers eines Kollegen, der gut ausgegangen war. Nur über meine Krankheit und die bevorstehende Operation sagte er nichts, als sei es auch ihm peinlich, dass ich die Seiten gewechselt hatte. Er sprach mit mir, als sei ich zu einem Höflichkeitsbesuch hier oder als hätten wir uns zufällig auf der Straße getroffen. Ich sah über seine Schulter, wie die Frau im grünen Mantel das Gebäude verließ. Einen Moment lang dachte ich daran, ihr zu folgen, die Operation abzublasen und einfach wegzugehen und weiterzuleben wie bisher, solange es eben gehen würde. Aber dann gab ich dem Chefarzt die Hand, bedankte mich, ich weiß nicht, wofür, und ging auf die Station, auf der ich schon erwartet wurde.

Cold Reading

> Das Schiff deutet immer auf eine Reise hin. Verlieren Sie sich nicht in Ihren Sehnsüchten und Träumen. Vielleicht ist es an der Zeit, einen anderen Weg einzuschlagen.

Obwohl es schon am Morgen nach Regen ausgesehen hatte, hatte ich den Schirm auf dem Schiff gelassen und war mit der ersten Gruppe an Land gegangen. Barcelona war unsere vierte Station nach Civitavecchia, Livorno und Marseille, und jedes Mal hatte ich einen Landausflug gebucht. Ich hatte nicht vor, auf dem Schiff zu versauern, wollte Spaß haben, aber an den Ausflügen hatten immer nur ältere Paare teilgenommen, Leute, die sich für Kathedralen und Paläste interessierten und kluge Fragen stellten und teure Fotoapparate besaßen, mit denen sie alles ablichteten, als müssten sie ein Inventar der Perlen des Mittelmeers erstellen, wie die Kreuzfahrt sich nannte. Der eine oder andere Mann hatte mir einen verstohlenen Blick zugeworfen, ihre Frauen behandelten mich entsprechend misstrauisch und fragten mich aus und versuchten so gut wie möglich, mich von ihren Ehemännern fernzuhalten. Als wäre ich interessiert an einem Flirt mit einem pensionierten Versicherungsagenten oder Gymnasiallehrer.

Am Pier stand ein Dutzend Busse für die Ausflügler bereit. Unserer war zu zwei Dritteln besetzt. Die spanische Reiseleiterin sprach mit so starkem Akzent, dass ich nur die Hälfte von dem verstand, was sie sagte, aber die Geschichte der Stadt interessierte mich ohnehin nur mäßig. Die erste Station der Tour war die Sagrada Familia, die eingeplante Zeit reichte gerade, um die Basilika von außen anzuschauen und zu fotografieren und um Postkarten und Souvenirs zu kaufen, bevor es zurück zum Bus und weiter ins Gotische Viertel ging. Auch die Kathedrale St. Eulàlia schauten wir uns nur von außen an, während unsere Reiseleiterin uns mit unnützen Informationen fütterte und meine Mitreisenden fleißig Fragen stellten. In einer plötzlichen Anwandlung sah ich mich für den Rest meines Lebens in Reisegruppen älterer Leute durch Altstädte spazieren und Jahreszahlen und die Namen von Künstlern und Adligen memorieren. Dreizehn weiße Gänse bewachten den Kreuzgang der Kathedrale, sagte die Reiseleiterin gerade, was in der Gruppe eine unerklärliche Heiterkeit auslöste. Wie Gänseküken watschelten die Touristen der Reiseleiterin nach, die uns verborgene Winkel des Gotischen

Viertels zeigen wollte. Ich schaute ihnen nach, bis sie im Gewimmel verschwunden waren.

Am Morgen war die Kathedrale für Touristen geschlossen. Als ich eintrat, wurde eben die Messe gelesen. Ich bekreuzigte mich und setzte mich in eine der hinteren Bänke. Es war viele Jahre her, seit ich an einem Gottesdienst teilgenommen hatte, und bald wusste ich wieder, warum das so war. Ungeduldig schaute ich mich um, aber auch hier waren nur alte Leute. Einzig der Priester war in meinem Alter und sah sogar ziemlich gut aus. Ich fragte mich, was er unter seiner Robe trug, und vertrieb mir die Zeit damit, mir auszumalen, wie ich ihm in die Sakristei folgen und zuschauen würde, wie er sich von einem Würdenträger wieder in einen richtigen Mann verwandelte.

Die Kreuzfahrt hatte Frank mir zu meinem vierzigsten Geburtstag geschenkt. Er hatte sie schon im Frühjahr gebucht und war ganz stolz gewesen, einen einmaligen Rabatt bekommen zu haben. Sein Pech, dass unsere Beziehung im Sommer nach sechs Jahren zerbrach. Vielleicht einen Monat nach unserer endgültigen Trennung hatte er kleinlaut angerufen und vorgeschlagen, die Kreuzfahrt dennoch zu machen, nur als gute Freunde, wie er beteuerte. Tatsächlich hatte er versucht, sie zu annullieren, aber der Spezialtarif, den er gebucht hatte, war nicht erstattbar, und seine Reiseversicherung akzeptierte eine Trennung nicht als Annulationsgrund. Ich sagte, das könne er vergessen, ich würde allein fahren, schließlich habe er mich eingeladen, und ich könne mir auch ohne ihn eine schöne Zeit machen. Vielleicht lerne ich ja jemanden kennen, sagte ich, auf Kreuzfahrten soll es viele Singles geben. Ich gebe zu, das war gemein, aber seine Knausrigkeit hatte mich schon immer genervt.

Das Theater in der Kathedrale langweilte mich, und ich verließ sie und spazierte weiter durch die Altstadt. Jetzt, wo niemand mehr mir sagte, worauf ich achten solle und welches Gebäude wann und von wem gebaut und bewohnt worden war, nahm ich viel mehr wahr, die flanierenden Touristen, die Arbeiter, die in einem Café Pause machten, die mageren Katzen, die Händler, die in den Eingängen ihrer Geschäfte standen, als wollten sie sie gegen Eindringlinge verteidigen. Manche Schaufenster sahen aus, als seien sie seit Jahrzehnten nicht neu dekoriert worden.

Die Reiseleiterin hatte uns den Ort angegeben, an dem uns der Bus am späten Nachmittag wieder aufladen würde, aber schon nach kurzer Zeit wusste ich nicht mehr, wo ich war und wie ich zurückfinden sollte. Es war Mittagszeit, und ich schaute mich nach einem Ort um, wo ich eine Kleinigkeit essen könnte. Keines der Lokale, an denen ich vorbeikam, entsprach meinen Vorstellungen, und als ich mich endlich entschloss, im nächstbesten einzukehren, fand ich keines mehr. Auch Geschäfte gab es in diesem Teil der Stadt kaum noch, nur heruntergekommene Wohnhäuser, die immer ärmlicher aussahen und an deren Wänden Graffiti waren. Dann fing es an zu regnen, sachte erst nur. Ich schlug den Kragen meines Mantels hoch und ging schneller, ohne zu wissen, wohin. Der Regen wurde stärker, und ich rannte ein paar Schritte, bis ich zu einem Durchgang kam, in dem ich mich unterstellen konnte. Nass und heftig atmend, stand ich in der zugigen Passage und fragte mich, was ich hier sollte. Ich ärgerte mich über Frank, als sei er am Regen schuld und daran, dass ich meinen Schirm nicht dabeihatte und überhaupt an allem Unglück in meinem Leben und in der Welt.

Der Durchgang führte in einen Hinterhof, in dem Bauschutt und alles mögliche Gerümpel lag. Ich fragte mich, ob das Haus und das Hinterhaus überhaupt bewohnt waren, so verlassen wirkte hier alles. Obwohl es erst früher Nachmittag war, war es dunkel geworden und kühl, und ich ging, um mich aufzuwärmen, schnell hin und her. Der Regen war inzwischen so stark geworden, dass er wie ein undurchsichtiger Vorhang alles verbarg. Ich hatte schon eine ganze Weile gewartet, als ich ein lautes Summen hörte und gleichzeitig ein Knacken und dann eine verrauschte Männerstimme, die auf Deutsch sagte, kommen Sie herauf, zweiter Stock, links. Ohne nachzudenken, drückte ich die Klinke, gerade noch rechtzeitig, bevor das Summen aufhörte. Mit einem lauten Knall fiel die Tür hinter mir ins Schloss.

Im Treppenhaus war es schummrig, und es roch nach feuchtem Holz und Schimmel. Erst während ich die ausgetretene Treppe hochstieg, dachte ich daran, dass es nicht besonders schlau war, in einer fremden Stadt der Einladung einer unbekannten Stimme zu folgen, die einen in ein verlassenes Haus lockte. Aber ich war in einer Stimmung, in der mir alles egal war, und besonders ängstlich war ich ohnehin nie gewesen. Zur Not hätte ich mich zu wehren gewusst.

Die Tür im zweiten Stock war nur angelehnt, und warmes Licht drang ins Treppenhaus. Ich trat in die Wohnung. Das Erste, was mir auffiel, war ein intensiver Geruch nach Sandelholz und die bunten Glühbirnen in den Lampen, die den Raum in ein seltsames Licht tauchten. Überhaupt war alles bunt hier, der Teppich, die Möbel, der Nippes, der überall herumstand. Auf der Hutablage über der Garderobe stand eine ausgestopfte Krähe, über dem Spiegel daneben hing eine blinkende Lichterkette. An den Wänden waren Bilder, alte Stiche von Folterungen und Hexenverbrennungen, Reproduktionen von Ikonen, ein Kruzifix. Ich kam mir vor, wie in einem Kuriositätenkabinett oder auf einem Rummelplatz.

Erst als er zu reden anfing, bemerkte ich den Mann, der im Halbschatten in einer der Türen stand, die vom Flur abgingen. Wollen Sie nicht ablegen?, fragte er in fast akzentfreiem Deutsch und drückte sich an mir vorbei, um die Eingangstür zu schließen. Er schaute sich kurz im Raum um, als sei er selbst erstaunt über die ungewöhnliche Einrichtung, und sagte, verzeihen Sie, aber ein bisschen Klimbim muss sein, das erwarten die Leute. Dann half er mir aus meinem Regenmantel und hängte ihn an die Garderobe. Darf ich Ihnen einen Tee anbieten? Er führte mich in einen Raum, der nicht weniger dekoriert war als der Flur. Auch hier brannten bunte Lampen, auf dem Boden lagen dicke Perserteppiche, die Wände und die Fenster waren mit gemusterten Tüchern verhängt. Auf einem Tischchen aus gehämmertem Kupferblech standen eine gusseiserne Teekanne und zwei Porzellanschalen bereit, als sei ich erwartet worden. Auf einem kleinen Tablett lagen Süßigkeiten, wie ich sie aus orientalischen Geschäften kannte. Kumar, stellte sich der Mann vor und gab mir die Hand, und Sie sind Paula, nicht wahr?

Ich war nicht einmal verwundert, dass er meinen Namen kannte, es war nur eine Seltsamkeit mehr an diesem wunderlichen Ort. Kumar musste ungefähr in meinem Alter sein. Im farbigen Licht war seine Hautfarbe nicht recht zu erkennen, sicher war er dunkelhäutig. Er war schlank, aber nicht sehr groß, seine Bewegungen wirkten geschmeidig und selbstsicher wie die eines Tänzers. Sein Haar war kurz und glänzte schwarz, seine Gesichtszüge hatten etwas Fremdländisches, aber ich hätte nicht sagen können, aus welcher Weltgegend er stammte. Auch seinen leichten Akzent konnte ich nicht einordnen. Er deutete auf einen von zwei Hockern und wartete, bis ich mich gesetzt hatte, bevor er selbst Platz nahm und die Teeschalen füllte. Er schaute mich an und lächelte. Dabei wirkte er sehr ruhig, was mich nervös machte. Schnell nahm ich einen Schluck Tee. Er war sehr heiß und schmeckte bitter.

Was führt Sie zu mir?, fragte Kumar. Der Regen, sagte ich und lachte unsicher. Wollen Sie es mir nicht verraten, oder können Sie es nicht?, fragte er. Oder wollen Sie mich prüfen? Das ist nicht nötig. Ich behaupte nicht, unfehlbar zu sein. Ich stelle Dinge fest, erkläre Zusammenhänge, mache Prognosen, aber was Sie damit anfangen, ist Ihre Sache. Ob Sie unsere Begegnung als kurioses Ferienabenteuer verbuchen oder als lebensverändernden Moment, mich kümmert es nicht. Sie müssen nicht mich prüfen, sondern sich selbst.

Ich hatte keine Ahnung, wovon er sprach. Ich habe mich nur untergestellt, weil es regnete, sagte ich.

Und dann habe ich Ihre Stimme gehört aus der Gegensprechanlage und bin ihr hierher gefolgt. Ihr Lächeln hat Ihnen schon aus manch unangenehmer Situation geholfen, nicht wahr?, sagte Kumar. Zumindest möchten Sie das glauben. Dass Sie Probleme weglächeln können, dass Sie über den Dingen stehen und nichts Sie berührt oder aus der Ruhe bringt.

Ich zuckte mit den Schultern und nahm aus lauter Unsicherheit noch einmal einen Schluck vom bitteren Tee. Was ist das denn für ein Kraut?, fragte ich. Kumar hatte seinen Tee noch nicht angerührt. Sie sind eine neugierige Frau, sagte er, wobei Sie natürlich fest davon überzeugt sind, dass alles, was ich sage, Scharlatanerie ist. Nein, nein, das macht mir nichts aus, ich bin nicht beleidigt. Ich glaube ja auch nicht alles, was Sie mir sagen. Vielleicht finden wir Ihre wahren Beweggründe gemeinsam heraus. Hat man den Grund einmal gefunden, ist oft auch die Lösung nicht weit.

Kumar zog einen Stapel Karten aus seiner Hosentasche und mischte sie mit geschickten Bewegungen. Dann legte er einige in einem Kreuz und drei in einer Reihe auf den kleinen Tisch zwischen uns. Vergangenheit, Gegenwart und Zukunft, sagte er. Auf den altertümlichen Karten waren Zahlen und Symbole und Bilder von Menschen und Tieren, auf einer war ein Herz, auf anderen Bilder von

Alltagsgegenständen, einem Schlüssel, einer Peitsche, aber auch von einem Festungsturm und einem Dreimaster auf stürmischer See. Während Kumar die Karten abgelegt hatte, hatte er mir wieder in die Augen geschaut und mit leiser, aber eindringlicher Stimme weitergesprochen. Sie sind ein kritischer Geist. Wenn man Sie von etwas überzeugen will, braucht man stichhaltige Argumente. Dabei sind Sie offen für Neues, sonst wären Sie nicht hier. Sie neigen nicht zu schnellen Urteilen. Sie sind eine leutselige, extrovertierte Person, um das herauszubekommen, muss man kein Wahrsager sein. Sie lachen viel und gern. Haben Sie gewusst, dass Frauen viel häufiger lachen als Männer? Mit Fröhlichkeit hat das allerdings wenig zu tun, eher mit Unterwerfung.

Ich wollte etwas sagen, er schien es zu bemerken und hob beschwichtigend die Hand. Nein, nein, ich unterstelle Ihnen nicht, dass Sie sich mir unterwerfen wollen, das sind wissenschaftliche Erkenntnisse, die wenig über die Einzelne aussagen. Ich habe den Eindruck, dass Sie eine starke Persönlichkeit sind. Aber unter der fröhlichen Oberfläche ihres Gemüts steckt eine vorsichtige, eine zurückhaltende Frau. Sie neigen zur Selbstkritik, dabei haben Sie ein starkes Bedürfnis, von anderen gemocht und bewundert zu werden. In Ihnen steckt großes Potenzial, aber Sie müssen an sich selbst glauben, sich selbst mehr Raum geben.

Ich musste lachen. Das könnten Sie zu so ziemlich jeder Frau sagen. Wer hat denn nicht das Bedürfnis, von anderen gemocht zu werden? Und wer neigt nicht zur Selbstkritik? Es geht nicht um die anderen, sagte Kumar, es geht nur um Sie. Unvermittelt nahm er meine Hand. Ich erschrak und wollte sie zurückziehen, aber er hielt sie fest. Darf ich? Keine Angst, ich werde Ihnen nicht prophezeien, dass Sie drei Kinder bekommen oder dass Ihnen eine schwere Krankheit bevorsteht oder eine weite Reise, keine billige Wahrsagerei. Aber ich kann Ihre Energie besser spüren, wenn eine körperliche Verbindung zwischen uns besteht. Entspannen Sie sich. Lassen Sie die Hand einfach in meiner liegen. Vertrauen Sie mir, ich halte Sie.

Es war seltsam. Ich habe keinen Hang zur Esoterik und war sicher, dass Kumar ein Scharlatan, ein Hochstapler war, trotzdem fühlte ich mich in seiner Gesellschaft wohl wie schon lange nicht mehr. Vielleicht tat auch der Tee seine Wirkung, mein Körper fühlte sich sehr warm an, mein Kopf, als sei ich beschwipst. Alles schien möglich zu sein, nichts von Bedeutung. Da ist die Herzlinie, sagte Kumar, da die Schicksalslinie, die Kopflinie und die Gesundheitslinie. Ich hatte meine Teeschale geleert, und Kumar füllte sie auf, ohne meine Hand loszulassen. Er selbst hatte noch immer nichts getrunken.

Das kitzelt, sagte ich lachend und versuchte

noch einmal, aber weniger entschlossen, meine Hand zurückzuziehen. Sind Sie ein Zauberer? Ein Hexenmeister? Verzeihen Sie, sagte Kumar, ohne loszulassen. Hier, der Venusring ist wenig ausgeprägt. Kann es sein, dass Ihre sexuelle Entfaltung nicht ganz ohne Probleme verlief? Dass es Ihnen, wenn es zum Äußersten kommt, schwerfällt, sich zu vergessen und Ihrer Lust freien Lauf zu lassen? Lachen Sie nur. Sie können nicht glauben, dass ein paar Linien in Ihrer Hand etwas über Sie aussagen? Das passt zu Ihnen, Sie lassen sich nicht leicht überzeugen, und das ist gut so. Sie müssen mir nicht glauben. Fragen Sie sich nur ehrlich, ob, was ich Ihnen sage, der Wahrheit entspricht, ob Sie sich in meinen Worten erkennen.

Er schaute wieder auf meine Hand und fuhr mit dem Zeigefinger den Linien nach, aber es kam mir vor, als lese er sie nicht, sondern streichle meine Hand. Diese Linie steht für eine abgebrochene Beziehung, sagte er. Und hier wird alles undeutlich, verworren. Wenn ich das richtig lese, sind Sie im Moment allein. Ich sehe einen Mann, mit dem Sie eine längere Beziehung hatten und der Ihr Vertrauen missbraucht hat. Dieses Erlebnis hat Sie zutiefst erschüttert. Kann es sein, dass er Sie betrogen hat? Oder Sie ihn? Ich schüttelte den Kopf. Jedenfalls sehe ich Konflikte, sagte Kumar. Ein Kinderwunsch? Ich zuckte mit den Schultern. Sie sind auf der Suche, und zwar schon seit geraumer Zeit. Vielleicht sind Ihre Ansprüche zu hoch, vielleicht erwarten Sie zu viel. Es geht nicht so sehr darum, den einzig Richtigen zu finden, als darum, bereit für ihn zu sein. Ist es möglich, dass Sie sich manchmal selbst im Weg stehen?

Endlich schwieg er und schaute mich an, als erwarte er eine Antwort auf seine Frage. Wenn eine Frau alleine in die Ferien fährt, braucht es nicht allzu viel Phantasie, um zu erraten, dass sie Single ist, sagte ich. Meine Zunge war schwer, und ich hatte Mühe, die Worte deutlich auszusprechen. Ich zog meine Hand zurück, Kumar ließ sie endlich los. Und wenn sie wie ich ein gewisses Alter hat, ist die Wahrscheinlichkeit ziemlich groß, dass es einmal einen Mann in ihrem Leben gab. Und das mit dem Kinderwunsch, na ja.

Kumar schaute mich lange schweigend an. Dann veränderte sich etwas in seinem Gesicht, es sah aus, als lege er eine Rolle ab. Er schnaubte und stand auf. Es ist wahr, sagte er, was ich Ihnen über Ihre Persönlichkeit gesagt habe, hätte ich zu allen meinen Kundinnen sagen können, und fast alle hätten sich darin wiedererkannt. Und was ihre Probleme angeht, es sind ja ohnehin immer dieselben Gründe, weshalb die Leute zu mir kommen, auch dafür muss man kein Hellseher sein. Bei jungen Leuten geht es oft um unglückliche Liebe, bei älteren um die Gesundheit. Männer mittleren Alters kommen meistens wegen Schwierigkeiten bei der Arbeit, Frauen wegen Beziehungsproblemen. Es ist alles nur ein Spiel, ein Zeitvertreib. Aber woher haben Sie gewusst, dass ich vor der Tür stand?, fragte ich, und dass Sie mich auf Deutsch ansprechen mussten? Und woher kannten Sie meinen Namen? Kumar lächelte und hob hilflos die Hände.

Er trat an eines der Fenster und zog den Vorhang zurück. Draußen war es nicht viel heller als hier drinnen, und es regnete immer noch. Als ich mit dem Wahrsagen anfing, habe ich selbst nicht daran geglaubt, sagte er mit leiser Stimme. Es war eine einfache und bequeme Art, Geld zu verdienen. Dann, er machte eine lange Pause, als suche er nach Worten, begann ich tatsächlich zu sehen. Ich war so überwältigt von meinen Fähigkeiten, dass ich sie, ohne viel nachzudenken, einsetzte. Ich sagte den Menschen die Wahrheit über sich selbst, über ihre Vergangenheit und ihre Zukunft. Bis ich merkte, dass es nicht das war, was sie von mir hören wollten. Sie wollen hören, was sie schon wissen. Ich sage ihnen nicht mehr, was die Zukunft ihnen bringt, ich sage ihnen, was sie sich von der Zukunft wünschen. Und egal, ob es eintrifft oder nicht, sie sind mir dankbar dafür. Ihnen müsste ich wohl sagen, dass Sie nichts überstürzen sollten, dass Sie hinausgehen müssen, etwas unternehmen, offen sein für neue

Erfahrungen. Sie werden den Mann Ihrer Träume finden, Sie haben ihn vielleicht schon gefunden, Sie wissen es nur nicht. Was geschehen wird, wollen Sie wissen? Was würden Sie denn tun, wenn Sie es wüssten, wenn Sie Ihre Zukunft kennen würden? Vielleicht wäre es beruhigend, sagte ich. Oder beängstigend, sagte er.

Was, wenn er tatsächlich mehr wusste als andere Menschen? Der Gedanke war absurd, aber zu verlockend, um ihn gleich zu verwerfen. Und Sie wollen mir gar nichts verraten?, fragte ich, stand ebenfalls auf und trat zu ihm. Sie brauchen sich nicht zu fürchten, sagte er. Wir schauten beide aus dem Fenster. Ich legte eine Hand auf Kumars Schulter und hatte ein Gefühl absoluten Vertrauens und Geborgenheit. Ich kann sehen, wie alles enden wird, sagte er, aber es endet ja ohnehin immer gleich. Nicht sehen kann ich, was wir daraus machen, wie wir darauf zurückschauen werden. Und das ist es doch, was das Glück ausmacht.

Und die Karten?, fragte ich. Hokuspokus, sagte Kumar und ging zurück zum Tisch. Ich folgte ihm. Er zeigte auf die Karte mit dem Dreimaster. Das Schiff deutet immer auf eine Reise hin, sagte er schnell und mit gleichgültiger Stimme. Verlieren Sie sich nicht in Ihren Sehnsüchten und Träumen. Vielleicht sind Sie dem Ziel näher, als Sie glauben. Der Schlüssel, er zeigte auf die Karte neben dem

Schiff, hilft Ihnen, den richtigen Weg zu finden, und enthüllt, was sich tief in Ihrem Inneren befindet. Und das Herz, er lächelte, raffte die Karten zusammen und steckte den Stapel ein, das Herz kann viele Dinge bedeuten.

Er schaute auf die Uhr. Die halbe Stunde ist vorbei, sagte er. Ich fragte, was ich schuldig sei. Er lächelte. Geben Sie, was es Ihnen wert war. Ich hatte kaum Bargeld dabei und gab ihm das wenige, was ich hatte. Kumar sagte nichts, schaute mich nur an, als warte er auf etwas. Gleich hört es auf zu regnen, sagte er schließlich in die Stille hinein. Wenigstens, wenn es um das Wetter geht, hilft es manchmal, in die Zukunft schauen zu können. Dann wären Sie heute Morgen nicht ohne Schirm losgegangen. Ich wusste heute Morgen, dass es regnen würde, sagte ich, ich hatte nur keine Lust, einen Schirm mitzunehmen. Was war das für ein Tee? War da irgendetwas drin? Liptons, sagte Kumar, vielleicht habe ich ihn zu lange ziehen lassen. Zum Abschied gab er mir die Hand, aber diesmal war sein Griff weniger entschlossen als zuvor, fast zögerlich.

Als ich aus dem Haus trat, stand im Durchgang eine junge Frau, die aussah, als wisse sie nicht recht, was sie hier solle. Ich hielt ihr die Tür auf und sagte, zweiter Stock, links. Sie schien mich nicht zu verstehen und schüttelte den Kopf. Vielleicht hatte sie ja nur Zuflucht gesucht vor dem Regen.

Natürlich hatte es nicht aufgehört zu regnen, aber es schien heller geworden zu sein, und die Luft war ganz klar wie manchmal früh am Morgen nach einer kalten Nacht. Es kam mir vor, als sei ich aus einem Traum erwacht, in dem Raum und Zeit keine Bedeutung gehabt hatten. Ich konnte kaum glauben, dass ich nur eine halbe Stunde bei Kumar gewesen war. Er hatte viele Dinge gesagt, die mir gescheit und hellsichtig erschienen waren, hatte ein Gedankengebäude vor mir errichtet, das mir schön und stimmig vorgekommen war. Aber als ich mich jetzt zu erinnern versuchte, war mir das meiste schon entfallen, und der Rest war so banal wie die Lebensweisheiten auf Abreißkalendern oder Zuckerbeuteln. Sei du selbst, pflücke den Tag, der Weg ist das Ziel, was auch immer. Trotzdem war ich zufrieden wie nach dem Lesen eines guten Buches oder dem Sehen eines Films, der mir gefiel.

Ohne mich um den Regen zu kümmern, ging ich die Straße zurück, die ich gekommen war. Ich war weniger weit von der Altstadt entfernt, als ich geglaubt hatte, bald tauchte die Kathedrale vor mir auf, und ich wusste wieder, wo ich war und wo ich hinmusste. Im erstbesten Restaurant aß ich eine Kleinigkeit, es blieben mir noch fast zwei Stunden, bevor der Bus zum Hafen gehen würde.

Als ich aus dem Restaurant trat, hatte der Regen aufgehört, und die Sonne war durch die Wolken gebrochen. Kumar hat also doch recht gehabt, dachte ich und musste lächeln, aber irgendwann hörte der Regen ja immer auf. Beschwingt und voller Zuversicht ging ich weiter, im festen Vertrauen darauf, dass Kumar auch in allem anderen recht gehabt hatte und dass wir uns wiedersehen würden, sei es in der Wirklichkeit oder sei es auch nur in meiner Erinnerung.

Der erste Schnee

Die Fahrt in die Skiferien hätte unter normalen Umständen nicht länger als drei Stunden gedauert, aber schon kurz nach Zürich stockte der Verkehr. Die Kinder meckerten, Lia sagte, ihr sei langweilig, und Jonas, er habe Hunger, obwohl wir erst vor einer Stunde Mittag gegessen hatten. Es regnete. Ein schwarzer Offroader drängte sich vor uns in die Spur, und Franziska bremste scharf und stieß einen Fluch aus. Die Kinder quengelten immer noch, Jonas trat mit dem Fuß gegen meinen Sitz. Hör auf!, fuhr ich ihn an. Franziska sagte, ich solle die Kinder nicht anschreien. Es ist Weihnachten, sagte sie und zeigte auf ein Schild. Wir können doch schnell einen Kaffee trinken. So kommen wir nie an, sagte ich, während sie schon den Blinker stellte und die Ausfahrt zur Raststätte nahm.

Obwohl die Mittagszeit vorbei war, war das Selbstbedienungsrestaurant voller Menschen, und es herrschte ein Gedränge und Geschubse. Aus den Lautsprechern tönte amerikanische Weihnachtsmusik, auf den Theken und Tischen standen glitzernde Gestecke mit Tannenzweigen und Kerzen. Als ich an der Kasse stand, klingelte mein Handy. Es war Anita. Eine Katastrophe, sagte sie, tut mir leid, aber ich brauche deine Hilfe. Einer unserer Kunden, ein Blumengeschäft, hatte ein Problem mit der Rechnungssoftware, und das mitten im Weihnachtsgeschäft. Ich habe versucht, ihnen zu helfen, sagte Anita, aber ich kenne mich ja auch nicht wirklich aus. Hast du ihnen gesagt, sie sollen den Server aus- und wieder einschalten?, fragte ich. Anita lachte. Kannst du sie nicht anrufen? Sie sind am Rande eines Nervenzusammenbruchs.

Die Kinder hatten einen freien Tisch gefunden und winkten uns. Ich komme gleich, sagte ich, ich muss nur schnell einen Anruf machen. War das Anita?, fragte Franziska mit einem aggressiven Unterton in der Stimme. Können die nicht einen Tag ohne dich auskommen? Ich sagte, es sei ein Notfall, es dauere bestimmt nicht lange. Draußen zündete ich mir eine Zigarette an und wählte die Nummer des Blumengeschäfts.

Ich stand auf der Terrasse zwischen nass glänzenden Spielgeräten und sprach mit der Geschäftsführerin, gab ihr Anweisungen, was zu tun war, und musste immer wieder warten, bis sie so weit war, die nächste Eingabe zu machen. Durch das große Fenster sah ich die Kinder im Restaurant herumrennen, sie sahen aus wie Pantomimen. Franziska machte mir Zeichen, ihr Gesicht war steinern vor Wut. Ich wandte mich ab und trat mit dem Fuß gegen einen Mülleimer, auf dem in vier Sprachen Danke stand. Die Geschäftsführerin las mir eine Fehlermeldung vor, und ich gab ihr neue Anweisungen. Als ich etwas später wieder ins Restaurant hineinschaute, war meine Familie nicht mehr zu sehen. Plötzlich veränderte sich die Stimme der Geschäftsführerin. Jetzt sieht wieder alles aus wie immer, sagte sie glücklich. Dann hoffen wir, dass es so bleibt, sagte ich, sonst rufen Sie mich an. Ich gab ihr meine Mobilnummer und steckte das Handy ein.

Die Weihnachtsmusik drinnen im Restaurant schien noch lauter geworden zu sein. Franziska und die Kinder waren nirgends zu finden, weder im Lokal noch bei den Toiletten im Untergeschoss. Ich fragte die Kassierin, aber sie schaute mich nur verständnislos an und schüttelte den Kopf. Ich ging hinaus zum Parkplatz. Unser Wagen war verschwunden.

Ich wählte Franziskas Nummer und hinterließ ihr eine Nachricht auf dem Anrufbeantworter. Ich sagte, es tue mir leid und sie solle sich nicht so anstellen. Dann ging ich wieder ins Restaurant und holte mir einen Kaffee. Die Kassierin begrüßte mich mit routinierter Freundlichkeit, sie schien sich schon nicht mehr an mich zu erinnern. Ich fand keinen freien Tisch und setzte mich zu einem alten

Paar. Der Mann aß ein riesiges Sandwich, während die Frau über die Verdauungsprobleme ihres Hundes klagte. Ich schaute aus dem Fenster. In den Regen mischten sich erste Schneeflocken, gut, dass ich die Schneeketten eingepackt hatte. Alle paar Minuten wählte ich Franziskas Nummer, aber sie nahm nicht ab. Dann war mein Akku leer, und ich stand auf und ging.

Ich war schon öfter in dieser Raststätte gewesen, aber ich hatte nur eine vage Vorstellung von der Umgebung, es war, als bildete sie eine Insel, auf der andere Gesetze galten und die nichts mit der Landschaft zu tun hatte, die sie umgab. Im Gitterzaun, der das Gelände eingrenzte, fand ich ein kleines Tor, von dem aus ein Fußweg in einen Wald führte. Ich folgte ihm ein Stück weit der Autobahn entlang und dann unter ihr hindurch. In der Unterführung blieb ich kurz stehen. Der Boden war mit Abfällen übersät. Ich las die Graffiti, Obszönitäten, ein paar Namen, ein schiefes Hakenkreuz. Jemand hatte mit roter Farbe einen Pfeil auf die Betonwand gesprüht. Ich ging in die Richtung, in die der Pfeil wies.

Der Weg führte an einem verbauten Bachbett entlang, an manchen Stellen hatten sich große Lachen gebildet und machten das Durchkommen schwierig. Nach einer Weile verließ ich den Weg und ging quer durch den Wald. Der Regen war nun endgültig in Schnee übergegangen und fiel immer dichter. Am Anfang hatte ich noch das Rauschen der Autobahn gehört, aber es wurde leiser und verstummte schließlich ganz, und ich hörte nur noch meine Schritte auf dem schneebedeckten Laub. Ich ging wohl eine Stunde lang durch den Wald. Meine Füße waren eiskalt und meine Haare nass. Als ich mich umdrehte, sah ich meine Spur nur schwach in der dünnen Schneeschicht. Ich war froh, als ich endlich auf einen Weg gelangte, der aus dem Wald hinausführte. Vor mir lag ein sanft ansteigender Hang mit Feldern und Wiesen.

Meine Wut auf Franziska war längst verflogen, und ich empfand eine stille Freude an der Schönheit der verschneiten Hügel. In der Ferne war die Autobahn zu sehen, auf der sich in beiden Richtungen lange Kolonnen gebildet hatten. Die Scheinwerfer und die roten Rückleuchten der Autos zeichneten Lichterketten in die Landschaft. Ich musste an die Menschenmassen denken am Morgen, wenn ich den Zug zur Arbeit nahm, an die Schlangen in den Geschäften, die Massen von Pendlern, die abends aus den Bürohäusern strömten und in die ich mich einreihte. Und in den Weihnachtsferien, die wir wie jedes Jahr in den Bergen verbringen wollten, würde es nicht besser sein, Schlangen vor der Seilbahnstation, Schlangen an den Skiliften,

Schlangen im Selbstbedienungsrestaurant. Seit langem war ich wieder einmal allein und ohne Ziel unterwegs und konnte gehen, wohin ich wollte.

Ich stieg den Hügel hinauf. Am Horizont tauchte ein hässlich graues, zweigeschossiges Gebäude auf, das wie eine Fabrik aussah. Erst als ich näher kam und die Fensterdekorationen sah, merkte ich, dass es ein Schulhaus war. In einem Fenster hingen Scherenschnitte, die wohl Sterne oder Schneeflocken darstellen sollten, in einem anderen ungelenk gezeichnete Figuren, die Heilige Familie, Ochse und Esel und das übrige Personal der Weihnachtsgeschichte. Das Schulhaus stand allein auf dem Hügel, ein paar hundert Meter entfernt war eine Siedlung aus neuen, identischen Einfamilienhäusern zu sehen, die bis auf die blinkende Weihnachtsbeleuchtung verlassen aussahen.

Auf einem Auto, das vor dem Schulhaus stand, hatte der Schnee sich gesammelt. Ich formte einen Schneeball und zielte auf die Heilige Familie. Die ersten zwei Schüsse gingen daneben, aber beim dritten traf ich Maria am Kopf, beim vierten den Esel. Eine Frau erschien am Fenster, riss es auf und rief: Hörst du sofort auf damit! Dann erst schien sie zu bemerken, dass ich kein Schüler war, und rief: Was tun Sie da? Kann ich hier telefonieren?, rief ich. Sie zeigte zum Eingang des Schulhauses und verschwand aus dem Fenster.

Die Lehrerin erwartete mich im Windfang. Sie war jünger, als ich aus der Distanz gedacht hatte, nur ihre Kleidung wirkte ältlich und aus der Mode, und die Lesebrille, die sie zuvorderst auf der Nase trug, ließ sie aussehen wie die Karikatur einer Lehrerin. Sie musste ungefähr in meinem Alter sein, ihre Haltung war unnatürlich aufrecht, als hätte sie einen Stock verschluckt. Sie hatte ein hübsches Gesicht, aber ihr Ausdruck war streng. Noch bevor ich sie erreicht hatte, streckte sie mir die Hand entgegen: Koller. Ich wischte mir die vom Schnee nassen Hände an der Hose ab und begrüßte sie. Fräulein Koller, korrigierte sie mich. Ich sagte, der Akku meines Handys sei leer. Während sie mir durch einen dunklen Flur vorausging, schimpfte sie mit mir wie mit einem Kind. Was ich mir eigentlich gedacht hätte, und ihre Zweitklässler seien ja besser erzogen als ich, und was, wenn eine Scheibe zu Bruch gegangen wäre?

Die Lehrerin führte mich in ein Klassenzimmer und schloss die Tür hinter uns ab. Sie zeigte auf eins der Schülerpulte. Setzen Sie sich. Sie nahm ein Blatt Papier aus einer Schublade und legte es vor mich hin. Schreiben Sie auf, weshalb Sie Schneebälle gegen die Fenster geworfen haben. Eine Seite. Ich schaute sie konsterniert an und sagte, ich würde gerne telefonieren. Später, erwiderte sie und verschränkte die Arme. Ich musste lachen. Ist das eine Strafarbeit? Es gibt hier gewisse Regeln, die für alle gelten, sagte sie, setzte sich an ihr Pult und fuhr fort, Hefte zu korrigieren.

Ich weiß nicht, warum ich gehorchte und anfing zu schreiben. Vielleicht war ich zu überrumpelt von der unerwarteten Aufgabe. Außerdem war ich froh, in der Wärme zu sein, meine Schuhe waren nass, und meine Zehen schmerzten vor Kälte. Ich schrieb auf, woran ich vorhin gedacht hatte. Dass ich mich mein Leben lang in Kolonnen bewegt hatte, dass ich immer gemacht hatte, was von mir erwartet worden war, studiert, geheiratet, eine Firma gegründet, ein Haus gebaut, Kinder gezeugt. Und dass ich heute durch eine nichtige Begebenheit aus dem Trott geworfen worden war. Ich schrieb, dass ich eigentlich gar nicht gern Ski fahre und das Gedränge auf den Pisten hasste und viel lieber zu Hause geblieben wäre. Einmal trat Fräulein Koller ganz dicht hinter mich und schaute mir über die Schultern. Ich bat sie um ein zweites Blatt Papier.

Ich schrieb über den Schnee in meiner Kindheit und darüber, dass ich immer ein schlechter Sportler gewesen sei und dass sich die anderen Kinder über mich lustig gemacht hätten, weil ich keine Schneebälle werfen konnte. Wir waren schlitteln gegangen, aber das war uns schnell verleidet, und die Wilderen unter uns hatten eine Schneeballschlacht begonnen. Wir bildeten zwei Gruppen und bauten Wälle, aber als meine Gruppe zum Angriff überging, blieb ich einfach liegen im Schutz der Schneemauer, durchgefroren und atemlos vor Aufregung. Der Kampflärm entfernte sich, aber ich lag immer noch da, es dämmerte bereits, ein einsames Opfer des Winterkrieges vor den Toren der belagerten Stadt. Meine Eltern würden um mich weinen, mein Name würde in ein Denkmal gemeißelt mit unzähligen anderen, die für das Vaterland ihr Leben gelassen hatten. Es war mir, als spürte ich noch den Schauer der Rührung über meinen tragischen, viel zu frühen Tod, den stechenden Schmerz in meinen Händen und Füßen, als ich schließlich doch aufstand und nach Hause lief. Ich wollte die Scheibe nicht kaputt machen, schrieb ich. Ich zögerte einen Moment, dann fügte ich hinzu: Es tut mir leid.

Ich trat vor Fräulein Kollers Pult. Sie ließ mich warten und korrigierte in aller Ruhe ein Heft fertig. Dann nahm sie mir ohne ein Wort den Aufsatz aus der Hand. Während sie las, murmelte sie vor sich hin und korrigierte mit dem Rotstift ein paar Schreib- und Satzzeichenfehler und strich den Nebensatz, dass ich Kinder gezeugt hatte, aber als sie fertig war, nickte sie und sagte: Gut. Auch wenn Ihnen am Schluss die Phantasie ein wenig durchgegangen ist. Sie stand auf, kam um das Pult herum zu mir und gab mir die Blätter zurück. Wie heißen Sie überhaupt? Georg, sagte ich, und sie lächelte und fuhr mir mit der Hand durchs Haar.

Erst als ich am Telefon im Lehrerzimmer stand, fiel mir ein, dass ich Franziskas Nummer gar nicht auswendig konnte. Fräulein Koller hatte Kaffee gekocht und stellte das Tablett mit zwei Tassen und einer Schale mit Keksen auf den großen Konferenztisch in der Mitte des Raums. Milch und Zucker habe ich schon hineingetan, sagte sie. Als sie mir eine der Tassen reichte, legte sie kurz eine Hand auf meine. Sie haben ja immer noch ganz kalte Hände. Der Kaffee war dünn und furchtbar süß, die Kekse lehnte ich dankend ab.

Jeder hat eine Geschichte, sagte die Lehrerin und dachte kurz nach, als erwäge sie, mir ihre zu erzählen. Stattdessen fragte sie, ob ich denn wenigstens ein schönes Weihnachtsgeschenk für meine Frau hätte? Wir schenken uns seit Jahren nichts mehr, sagte ich. Das war bestimmt Ihre Idee, sagte sie. Sie ging zu einem der Wandschränke, die eine ganze Wand des Lehrerzimmers einnahmen, und kam mit Farbstiften und Papier zurück. Machen Sie ihr eine Zeichnung. Oder wollen Sie lieber etwas basteln? Ich wehrte mich, aber Fräulein Koller war unbeirrbar. Wohl oder übel machte ich eine Zeichnung. Bestürzt musste ich feststellen, dass sie kaum besser wurde als die Zeichnungen, die ich als Kind gemacht hatte. Ich zeichnete einen Blumenstrauß in einem Krug. Fräulein Koller schaute mir die ganze Zeit mit kritischem Blick zu. Als ich fertig war, sagte sie, ich solle noch etwas Nettes dazuschreiben. Für Mama zu Weihnachten. Sie ist nicht meine Mutter, sie ist meine Frau, sagte ich und schrieb, Für Franziska, frohe Weinachten unter die Zeichnung. Ich fragte Fräulein Koller, ob es hier in der Nähe eine Bushaltestelle gebe oder gar einen Bahnhof. Sie schüttelte den Kopf. Die Busse fahren nur zu den Unterrichtszeiten. Der letzte ist schon vor Stunden weg.

Fräulein Koller fuhr einen uralten Ford Fiesta. Statt einer Antenne steckte ein Stück eines Drahtkleiderbügels im Dach, und die Beifahrertür ließ sich nur von innen öffnen. Ich versuchte, mich anzuschnallen, aber der Gurt klemmte. Fräulein Koller beugte sich über mich und zerrte daran, bis er nachgab. Ihr Körper berührte meinen, und zum ersten Mal nahm ich sie als Frau wahr und stellte mir vor, sie in die Arme zu nehmen. Auf meinem Schoß lag die Zeichnung des Blumenstraußes, die ich für Franziska gemacht hatte. Die Scheiben des Autos waren beschlagen. Fräulein Koller startete den Motor und stellte die Lüftung auf die höchste Stufe. In das Dröhnen des Gebläses mischte sich klassische Musik. Mögen Sie Brahms?, fragte sie.

Wir fuhren über schmale Sträßchen, ich hatte keine Ahnung, wo wir waren. An einem winzigen Bahnhof, dessen Namen ich noch nie gehört hatte, lud die Lehrerin mich aus. Ich wollte ihr Geld für ihre Dienste geben, aber sie schüttelte den Kopf. Man kann nicht alles mit Geld bezahlen, sagte sie in ihrer belehrenden Art und gab mir die Hand.

Ich musste eine halbe Stunde warten, bis endlich ein Zug kam. Während der Fahrt schaute ich aus dem Fenster und sah dunkle Silhouetten vorüberziehen und nur dann und wann ein Licht. Ich stellte mir Fräulein Koller vor, die jetzt bestimmt zu Hause saß. Sie stand in der Küche ihrer kleinen Wohnung, bereitete das Abendessen für sich zu, etwas Gesundes mit wenig Salz und Gewürzen. Sie trug das Essen ins Wohnzimmer, wo Fotos hingen von ihren Eltern, von Nichten und Neffen, vielleicht ein Kunstdruck aus einem Kalender, ein Chagall oder ein Kandinsky. Und dann dachte ich an unser Haus, das jetzt leer stand, und ich ging in Gedanken durch die dunklen Räume und versuchte, die Spuren der Menschen zu lesen, die dort wohnten und die mir plötzlich so fremd waren wie die einsame Lehrerin.

Ich musste zweimal umsteigen, immer mit meiner lächerlichen Zeichnung in der Hand. Ich war nahe dran, sie wegzuwerfen. Als ich in Tiefencastel ankam, war das letzte Postauto längst abgefahren.

In der Telefonzelle neben dem Bahnhof fand ich die Nummer eines Taxiunternehmens. Der Fahrer sagte, er sei mit einem anderen Kunden unterwegs, in einer halben Stunde könne er bei mir sein. Es gab kein Restaurant in der Nähe, und so ging ich frierend vor dem Bahnhofsgebäude hin und her, bis der Wagen nach vierzig Minuten endlich kam. Es war nach elf, als wir das Ferienhaus erreichten. Alle Fenster waren erleuchtet, und als ich die Außentreppe hochging, öffnete Franziska die Tür. Sie fiel mir um den Hals, als hätten wir uns seit Wochen nicht gesehen. Du bist ja ganz zerkratzt, sagte sie und nahm mir den Mantel ab. Das muss im Wald passiert sein, sagte ich und reichte ihr die Zeichnung. Du kannst dir nicht vorstellen, was mir passiert ist.

Auf dem Rückweg aus den Skiferien hielten wir wieder an der Raststätte. Nachdem wir etwas getrunken hatten, sagte ich zu Franziska und den Kindern, ich muss euch etwas zeigen. Ich nahm die nächste Ausfahrt und fuhr zurück. Ich versuchte, mich zu orientieren, und fuhr kreuz und quer durch die Gegend. Ich erinnerte mich nicht an den Namen der Station, an der Fräulein Koller mich abgesetzt hatte, und sosehr ich mich auch bemühte, fand ich weder den Bahnhof noch das Schulhaus wieder. Die Kinder waren eingeschlafen. Franziska meinte, vielleicht hätte ich mir ja alles nur eingebildet.

Ich fuhr wieder auf die Autobahn. Es dämmerte schon, und der Feierabendverkehr hatte eingesetzt. Die Autos stauten sich, und als die Straße an einer Stelle leicht abfiel und sich auf der anderen Seite des Tales in einer Kurve den Hügel hochzog, sah ich wieder die Kette der Rücklichter, aber diesmal schien sie mir eigentümlich schön, ein Zeichen der Verbundenheit mit all den anderen Menschen, die wie ich und meine Familie unterwegs nach Hause waren.

Die Zeichnung, die ich für Franziska gemacht hatte, hing noch jahrelang an unserem Kühlschrank. Aber wenn unsere Freunde sich danach erkundigten und dumme Sprüche machten, wenn sie erfuhren, dass sie von mir war und nicht von den Kindern, sagte Franziska jedes Mal, das ist das schönste Weihnachtsgeschenk, das Georg mir jemals gemacht hat.

Dietrichs Knie

Adrian hatte das Zimmer schon am Nachmittag bezogen, obwohl Sabine erst um sechs kommen würde. Er stellte die Klimaanlage höher, zog die Gardinen zu und wieder auf, schlug die Bettdecke zurück. Dann setzte er sich auf einen Sessel, der neben dem Fenster stand, und betrachtete das leere Bett. Er konnte nicht anders, als sich vorzustellen, wie Sabine und Dietrich hier all das machten, was sie sich in den letzten Nächten geschrieben hatten. Sie standen am Fenster und schauten hinunter auf die Straße, auf die Menschen, die vorübergingen, unterwegs nach Hause oder wer weiß, wohin. Dietrich stand hinter Sabine und küsste ganz sacht ihren Nacken, sie kippte den Kopf ein wenig zur Seite, und Adrian stellte sich vor, wie sie die Augen schloss und lächelte. Sie atmete tief ein und aus. Dietrich fasste sie um die Taille, und jetzt erst drehte sie sich um, und sie küssten sich, kurze, schnelle Küsse zuerst, dann längere und leidenschaftlichere.

Sie lagen nackt zusammen im Bett, Sabine lag auf dem Bauch, und Dietrich streichelte ihren

Rücken, fuhr mit einem Finger an ihrem Rückgrat entlang. Seit sie hier waren, hatten sie kaum gesprochen. Sabine drehte sich um und schaute Dietrich an. Bist du es wirklich?, sagte sie und lächelte erstaunt. Komm! Adrian hielt es nicht mehr aus, er sprang vom Sessel auf und ging hinunter in die Hotelbar, um dort auf sie zu warten.

Er war der einzige Gast, die Bar schien eben erst geöffnet zu haben. Er setzte sich an einen Tisch in eine Ecke und wartete ungeduldig, bis der Kellner kam und er ein Bier bestellen konnte. Nein, sagte er, als der Kellner sich schon abgewandt hatte, ich nehme einen Espresso und ein Glas Wasser.

Er war nie vorher hier gewesen, warum auch, schließlich wohnte er in der Stadt und hatte keinen Grund, sich ein Hotelzimmer zu nehmen. Er stellte sich vor, wie Sabine hier saß mit Dietrich, wie sie sich Blicke zuwarfen, wie ihre Knie sich unter dem Tisch berührten. Ich dachte, es sei das Tischbein, hatte Sabine in ihrer ersten Mail geschrieben. Vielleicht hatte sie das ja wirklich geglaubt. Vor drei Wochen hatten sich die beiden bei einer Tagung von Werbeplanern kennengelernt, eine Woche später hatte Dietrich ihr die erste Mail geschickt.

Der Kellner war hinter der Theke beschäftigt und schaute nur von Zeit zu Zeit zu Adrian. Er schaltete die Stereoanlage ein, und Musik dröhnte aus den Lautsprechern. Für einen Moment war es

Adrian, als sei es Nacht und die Bar voller Menschen, die tanzten und feierten. Aber der Kellner drehte die Lautstärke sofort herunter und wechselte die CD, und sanfter Jazz erklang. Adrian versuchte, das Stück zu erraten, die Instrumentalversion eines bekannten Titels. Erst als er mitsummte, kamen ihm die Worte in den Sinn: *They're writing songs of love, but not for me …*

Wenn Adrian noch gearbeitet hätte, wäre das alles nie passiert. Die Agentur hatte letztes Jahr zwei wichtige Kunden verloren, und nach einigen Monaten, in denen er sich künstlich beschäftigt hatte, hatte Johannes ihn in sein Büro gerufen und ihm gesagt, er müsse leider gehen. Es gab in der Agentur noch einen zweiten Texter, aber der saß in der Geschäftsleitung und konnte nicht so leicht entlassen werden. Sabine verdiene schließlich auch, sagte Johannes, und er werde schauen, dass er ihn gelegentlich als Freelancer einsetzen könne. Sei mir nicht böse, rief er Adrian nach, als dieser wütend das Büro verließ.

Adrian schenkte Wasser nach. Er merkte, wie seine Hand zitterte beim Gedanken an die Kündigung. Am Abend hatte Sabine gesagt, er müsse Johannes verstehen. Wenn es keine Arbeit gäbe, könne er auch nichts machen. Du hast davon gewusst, nicht wahr?, sagte Adrian. Sie setzte sich, schaute kurz auf die Tischplatte und dann mit einem herausfordernden Blick in seine Augen. Natürlich habe ich es gewusst. Ich bin schließlich Mitglied der Geschäftsleitung. Wann habt ihr es beschlossen? Seit wann weißt du es? Das spielt doch keine Rolle, sagte Sabine, es war Johannes' Aufgabe, dich zu informieren. Es hat nichts mit dir persönlich zu tun. Und schließlich profitierst du auch, wenn es der Firma gut geht. Er solle doch mal versuchen, es positiv zu sehen. Jetzt habe er endlich Zeit, den Roman zu schreiben, von dem er schon so lange rede. Und bis er ausgesteuert werde, sehe bestimmt wieder alles ganz anders aus. Dieses soziale Gesülze dauernd, sagte Adrian, aber wenn es um die Kohle geht, seid ihr genauso brutal wie alle anderen.

Aus den Lautsprechern klang *I Got Rhythm*, das war leicht zu erraten. *I got rhythm, I got music, who could ask for anything more* ... Ein Job wäre nicht schlecht, dachte Adrian. Die ersten paar Wochen hatte er tatsächlich versucht, an jenem Roman zu arbeiten, von dem er seit Jahren sprach, aber er war wie gelähmt gewesen. Er nahm immer wieder neue Anläufe, schob die Figuren in seinem Kopf hin und her und zeichnete auf große Bogen Millimeterpapier Handlungsverläufe und Zeitpläne. Sogar einen Ratgeber kaufte er, wie man einen verdammt guten Roman schreibt, aber es half nichts. Eines Abends erzählte er Sabine die Geschichte, die er sich ausgedacht hatte. Sie schaute ihn an mit ironischem Blick und sagte, das Buch habe Philip Roth vor fünfzig Jahren geschrieben. Am nächsten Tag warf Adrian die ganzen Notizen und Pläne in den Müll. Danach ging er ins Fitnessstudio und rannte auf dem Laufband, bis er nicht mehr konnte.

Am Anfang erzählte ihm Sabine jeden Abend, was in der Agentur los gewesen war und wer was gemacht und wer was gesagt hatte. Aber mit der Zeit wurde sie immer wortkarger. Es sei alles wie immer, sagte sie, und als er nachfragte, er erzähle ihr ja auch nicht alles, was er den ganzen Tag lang mache. Ich mache nichts, sagte er. Es stimmte. Ein- oder zweimal hatte er Aufträge von der Agentur bekommen, kleine PR-Texte für einen Lampenhersteller, für den er schon früher gearbeitet hatte. Sonst machte er kaum etwas und kam doch den ganzen Tag zu nichts. Ob es zu viel verlangt sei, dass er wenigstens ein bisschen helfe im Haushalt, fragte Sabine, wenn sie abends nach Hause kam und im Spülbecken immer noch das schmutzige Geschirr vom Frühstück stand. Ihr habt mich rausgeworfen, sagte Adrian, es ist nicht meine Schuld, dass ich keinen Job habe. Sabine zuckte nur mit den Schultern und räumte die Sachen in den Geschirrspüler.

Adrian hatte immer öfter das Gefühl, sie langweile sich mit ihm. Sie schien unzufrieden und antwortete auf die banalsten Fragen mit gereizter

Stimme. Manchmal ertappte er sie dabei, wie sie ihn heimlich mit missmutigem Gesicht beobachtete. Aber wenn er fragte, was los sei, sagte sie, nichts, und blätterte weiter in den Unterlagen, die sie aus dem Büro mitgebracht hatte. Hätten sie sich gestritten, hätten sie sich wenigstens versöhnen können.

Eines Morgens vergaß Sabine ihren Laptop zu Hause. Sie hatte verschlafen und war, ohne zu frühstücken, aus der Wohnung gerannt. Eine Stunde später rief sie an. Adrian hatte sich noch nicht angezogen, er saß in der Küche und trank Kaffee und blätterte in den Prospekten der Supermärkte, die der Zeitung beigelegt gewesen waren. Sabine bat ihn, ihr ein Dokument zu mailen, an dem sie am Abend zuvor gearbeitet hatte. Sie nannte ihm das Passwort, und er wies sie darauf hin, dass sie dringend ein besseres bräuchte. Dann lotste sie ihn durch die Verzeichnisse, bis er die Datei gefunden hatte.

Sie bedankte sich, ihre Stimme klang seit langem wieder einmal freundlich, fast heiter. Sie fragte, was er vorhabe. Sie habe gleich eine Sitzung, aber am Mittag werde sie kurz nach Hause kommen, ohne Laptop könne sie nicht vernünftig arbeiten. Wenn Adrian Lust habe, könnten sie zusammen essen. Kochst du uns etwas? Bevor sie aufhängte, sagte sie, er solle nicht auf ihrer Festplatte herumschnüffeln. Sie sagte es beiläufig und in scherzhaftem Ton, aber Adrian fragte sich plötzlich, ob sie etwas vor ihm zu verbergen hatte.

Der Computer hatte das Dokument verschickt und drei neue Mails empfangen. Ohne sich viel dabei zu denken, las Adrian die Betreffe. Eine der Mails war Werbung für Herrensocken, eine kam von Isabelle, einer Freundin Sabines, mit der sie gelegentlich ins Kino oder ins Theater ging. Der Betreff der dritten Mail lautete: Dietrichs Knie. Adrian kannte niemanden, der Dietrich hieß. Er zögerte, dann öffnete er die Mail. Sie bestand nur aus wenigen Sätzen.

Liebes Knie von Sabine,
wir haben uns so gut verstanden unter dem Tisch, dann warst du plötzlich weg. Deine Sabine hatte Kopfschmerzen. Als du weg warst, ist mein Dietrich gleich mit mir aufs Zimmer gegangen. Ich glaube, er hat deine Sabine auch ein wenig vermisst. Jedenfalls hat er die Minibar geplündert, was er sonst nie tut, der Geizhals. Sehen wir uns mal wieder? In zwei Wochen muss mein Dietrich nach Karlsruhe (ist in der Stadt vom 3.–5. 5., muss aber tagsüber arbeiten). Hast du an einem der Abende Zeit für ein Bier oder was Knie sonst so machen am Abend? Du kannst deine Sabine auch gerne mitbringen. Die kann sich

dann wieder gescheit unterhalten mit meinem Dietrich. Er lässt sie grüßen, und ich grüße dich Dietrichs Knie

Adrian dachte nach. Sabine hatte ihm von einem Dietrich erzählt, als sie letzte Woche von der Tagung zurückgekommen war. Ein Werbeplaner aus einer Stuttgarter Agentur, wenn er sich recht erinnerte. Sie hatte ihm irgendetwas erzählt, was sie von diesem Dietrich erfahren hatte, Adrian wusste nicht mehr, was es gewesen war, nur noch, dass Sabine sehr gelacht hatte. Also war da noch mehr gewesen, ein Annäherungsversuch, den Sabine offenbar abgewehrt hatte.

Er wollte den Computer ausschalten, da fiel ihm ein, dass das Mailprogramm die Nachricht als gelesen anzeigen und ihn verraten würde. Löschte er sie hingegen, würde dieser Dietrich sich bestimmt noch einmal melden. Er klang nicht nach einem Mann, der sich leicht geschlagen gab. Und die nächste Mail würde Sabine erreichen. Noch schien nichts geschehen zu sein zwischen den beiden, aber so wie Sabine in letzter Zeit mit ihm umgegangen war, würde er die Hand nicht für sie ins Feuer legen. Wollte er herausbekommen, ob sie ihm treu war, musste die Geschichte mit Dietrich weitergehen.

Adrian ging unruhig in der Wohnung herum und dachte nach. Schließlich eröffnete er bei einem

Gratisanbieter zwei neue Mailkonten, eines nannte er Dietrichs.Knie, das andere wollte er Sabine nennen, aber der Name war schon vergeben, und das Programm schlug Sabine867 vor. Sabines Computer hatte automatisch in den Energiesparmodus gewechselt, jetzt war Adrian froh, dass das Passwort so simpel war. Er kopierte Dietrichs Mail und schickte sie von der neuen Adresse aus noch einmal an Sabine. Die erste Mail löschte er.

Am Mittag aß er mit Sabine. Er hatte ein schlechtes Gewissen, aber er war auch gespannt, ob und wie sie Dietrich antworten würde. Sie war immer noch guter Laune und erzählte von einem großen Kunden, bei dem sie in zwei Wochen eine Präsentation machen dürften. Sie sagte, sie werde in nächster Zeit wohl einige Überstunden machen müssen. Adrian sagte, er habe freie Kapazitäten. Wenn wir den Auftrag kriegen, bist du wieder mit im Boot, sagte Sabine.

Nach den Spätnachrichten hatte Adrian den Fernseher nicht ausgeschaltet. Er schaute sich eine Talkshow an, in der es um Sterbehilfe ging, Sabine hatte ihren Laptop auf den Knien und tippte irgendetwas. Arbeitest du an der Präsentation, fragte er. Sie nickte und sagte, Isabelle wolle nächste Woche mit ihr ins Kino gehen. Ob das o.k. sei? Du bist ein freier Mensch, sagte Adrian. Wir könnten auch mal wieder etwas unternehmen, sagte Sabine mit abwesender Stimme und fing wieder an zu tippen. Adrian schaute sie an. Sie lächelte. Sie musste Dietrichs Mail gelesen haben, vielleicht war sie eben dabei, sie zu beantworten. Er schaltete den Fernseher aus und sagte, er gehe ins Bett. Sabine sagte, sie komme gleich nach. Als er sie kurz auf den Mund küsste, drehte sie den Laptop weg, als wolle sie nicht, dass er auf den Bildschirm sehen könne. Ist das Projekt so geheim?, fragte er. Es geht um die Markteinführung eines alkoholfreien Biers, sagte Sabine. Wenn du eine Idee hast … Ich arbeite nur für Geld, sagte Adrian.

Er war noch wach, als Sabine eine halbe Stunde später neben ihn ins Bett schlüpfte. Sie drehte sich hin und her, und er fragte sich, ob sie an diesen Dietrich dachte. Nach einer Weile stand sie wieder auf und schlich aus dem Schlafzimmer. Die Leuchtziffern des Weckers zeigten halb eins. Adrian schlief ein, bevor sie zurück ins Bett kam.

Kaum war Sabine am nächsten Tag aus dem Haus, schaute er im Postfach nach. Sabine hatte Dietrich geschrieben. Die Mail war nachts um Viertel vor eins abgeschickt worden.

Lieber Dietrich,
von einem Knie habe ich an jenem Abend nichts gemerkt. Ich muss es für das Tischbein gehalten haben. Ich müsste dich wohl im Nachhinein tadeln für deine

Unverfrorenheit. Du weißt, ich lebe in einer festen Beziehung, und wenn ich mich recht erinnere, du auch, Knie inbegriffen. Was machst du denn in Karlsruhe?
Herzliche Grüße
Sabine

Adrian war zufrieden. Nur mit dem Satz, ich müsste dich tadeln, nicht. Warum tat sie es nicht? Einen Moment lang war er versucht, den Satz zu ändern, dann kopierte er die Mail, schrieb in einem P.S., Dietrich solle nur auf diese Adresse schreiben, auf der geschäftlichen könne das Sekretariat mitlesen. Er schickte die Mail weiter. Als er am Mittag die Konten überprüfte, war schon eine Antwort gekommen.

Liebe Sabine,
selbst dein Tadel ist mir ein Vergnügen. Ich hatte ja befürchtet, du würdest dich gar nicht an mich erinnern. Ich kann nur hoffen, dass das Bein, das du gespürt hast, nicht tatsächlich das Tischbein war, sonst habe ich womöglich deinen Chef angemacht. Und der schien eher auf dich als auf mich zu stehen. Ich muss wegen einer Konkurrenzpräsentation nach Karlsruhe. Alkoholfreies Bier. Nicht dass ich das gutheißen würde, aber das Budget ist atemberaubend, und wir haben ein paar hübsche Ideen.
Zwei Küsse auf die Wangen und einen auf das Knie
Dietrich

Sabines Antwort ließ nicht lange auf sich warten, vermutlich war sie in der Mittagspause und erledigte ihre privaten Mails.

Lieber Dietrich,
dann sind wir ab sofort Konkurrenten, meine Agentur bewirbt sich ebenfalls um das Budget. Also werden wir in Zukunft wohl eher unsere Ellbogen als unsere Knie zu spüren bekommen. Ich wünsche euch Glück und uns den Sieg.
Viele Grüße
Sabine

An diesem Nachmittag gingen noch drei Mails hin und her, die Adrian alle sofort weiterleitete. Dietrich war offensiv, Sabine zurückhaltend. Aber ihre schnellen Antworten machten Adrian misstrauisch. Sie wehrte zwar Dietrichs Annäherungsversuche ab, schrieb, sie sei ein braves Mädchen, was Adrian etwas albern fand, aber das Spiel schien ihr trotzdem zu gefallen. Adrian ging in die Küche, um sich einen Tee zu machen. Als er zurückkam, hatte Dietrich schon geantwortet.

Liebe Sabine,
ach, ich bin in der Tiefe meines Herzens auch ein braver Junge. Vielleicht ist es ja besser, wenn wir uns nicht sehen und gar nicht in Versuchung kommen,

uns gegenseitig auszuhorchen oder noch Schlimmeres zu tun. Ich werde dich also aus der Ferne begehren. Und bestimmt sehen wir uns irgendwann wieder.
Auch euch viel Glück mit der Bewerbung.
Herzlich
Dietrich

Ein braver Junge?, dachte Adrian, ein Schlappschwanz bist du, der beim geringsten Widerstand aufgibt. Wenn man Sabine erobern wollte, musste man sich schon ein wenig anstrengen. Er schrieb Dietrichs Nachricht um, bevor er sie weiterschickte:

Liebe Sabine,
ach, ich bin in der Tiefe meines Herzens auch ein braver Junge, vielleicht einfach berufsbedingt mit ein bisschen zu viel Phantasie ausgestattet oder zu viel Neugier. Das kollidiert manchmal mit der Bravheit. Aber ganz so brav, wie du aussiehst, bist du doch sicher auch nicht, nicht wahr? Oder täuscht mich da meine Menschenkenntnis? Dass wir Konkurrenten sind, schließt doch nicht aus, dass wir uns in Karlsruhe treffen. Wir können ja statt alkoholfreiem Bier ein Glas Wein trinken. Wie wär's?
Dietrich

Die nächste Mail von Sabine musste sie auf dem Nachhauseweg geschrieben haben, praktisch gleichzeitig mit der SMS an Adrian, dass sie heute etwas später heimkomme.

Lieber Dietrich,
so, so, ich sehe also brav aus? Oder willst du mich herausfordern, dir das Gegenteil zu beweisen? Eine Mail ist dafür aber sicher nicht der richtige Weg. Mich mit einem Mann in einer Bar zu treffen, fällt für mich noch in den Bereich des Erlaubten, zwei Knie, die sich unter dem Tisch berühren, ebenfalls. Die Grenze zum nicht mehr Braven liegt wohl irgendwo zwischen der Bar und dem Hotelzimmer. Wo wirst du denn wohnen, wenn du in Karlsruhe bist?
Herzlich
Sabine

Adrian musste daran denken, wie er und Sabine zusammengekommen waren. Die Situation war gar nicht so anders gewesen. Sie hatten schon eine Weile miteinander gearbeitet und waren gemeinsam zu einer Präsentation nach Frankfurt gereist. Am Abend nach der Präsentation hatten sie gefeiert, auch wenn sie noch gar nicht wussten, ob sie den Auftrag bekommen würden. Die Agentur war großzügig mit Spesen, und sie waren ins teuerste Restaurant gegangen, das sie finden konnten. Adrian hatte sich immer eingeredet, dass er Sabine verführt hatte, aber als er sich den Abend nun in Erinnerung rief, wurde ihm klar, dass sie es gewesen war, die die ersten Schritte gemacht hatte. Schon während des Essens hatte sie sehr viel gelacht, oft ohne Grund, und sie hatte ihm mehrmals lange in die Augen geschaut, ohne etwas zu sagen, aber mit einem vielsagenden Lächeln. Auf dem Weg ins Hotel hatte sie sich bei ihm eingehakt unter dem Vorwand, etwas beschwipst zu sein. Im Hotel hatte sie dann vorgeschlagen, noch einen Absacker zu trinken, wie sie es nannte. Die Hotelbar machte gerade zu, aber im Aufzug meinte Sabine, es gebe ja noch die Minibar.

Liebe Sabine,
manchmal kann schon ein Lächeln oder ein langer Blick in die Augen des anderen die Grenzen des Erlaubten überschreiten. Oder wenn die Bar, an der man sich trifft, die Minibar ist. Ich würde gerne mit dir an die Grenze gehen. Und warum nicht darüber hinaus?
Dein Dietrich

Sabine hatte sich einen Whisky aus der Minibar genommen, Adrian ein Bier. Er hatte das große Licht im Zimmer gelöscht, und sie waren ans Fenster getreten und hatten hinausgeschaut. Plötzlich drehte Sabine sich um und küsste ihn auf den Mund.

In der Agentur hatten sie lange verschwiegen, dass sie ein Paar waren. Nachdem es schließlich herausgekommen war, hatten die Probleme mit Johannes begonnen. Erst hatte er Sabine in die Geschäftsleitung geholt, obwohl Adrian schon länger in der Agentur arbeitete, dann hatte er ihn entlassen. Natürlich hatte das alles nichts damit zu tun, dass Johannes auch ein Auge auf Sabine geworfen hatte. Dass er so seinen Konkurrenten demütigen konnte, war nur ein angenehmer Nebeneffekt.

Lieber Dietrich,
ich habe schon lange keine Grenzen mehr überschritten, und ich würde mich ein wenig fürchten davor. Aber ich gebe zu, dass die Vorstellung reizvoll ist. Ein Treffen an einer Minibar wäre zudem wohl wirklich ratsamer als eins in der Öffentlichkeit. Immerhin sind wir Konkurrenten und sollten besser nicht zusammen gesehen werden. Wie genau stellst du dir denn unsere Begegnung vor? Kämen die Knie dabei zum Einsatz?
Etwas atemlos
Sabine

Als Adrian noch Dietrichs E-Mails weitergeleitet hatte, war er eifersüchtig gewesen auf den Flirt der beiden, jetzt, wo er Sabine selbst schrieb, kam es ihm vor, als flirte sie mit ihm, auch wenn sie glaubte, er sei ein anderer. Er dachte an jene erste Nacht im

Hotelzimmer und wünschte, sie könnten sich noch einmal so begegnen und alle häuslichen Angelegenheiten, das ungespülte Geschirr, die herumliegende Wäsche, ihre Streitereien und Launen hinter sich lassen.

Liebe Sabine,
ich stelle mir vor, dass es dunkel ist im Zimmer.
Du hast dir einen Whisky aus der Minibar genommen, ich mir ein Bier. Wir stehen am Fenster, ich dicht hinter dir. Ich fasse dich um die Taille, dann drehst du dich um, und ich küsse dich.
Dein Dietrich

Kurz nachdem Adrian die Mail abgeschickt hatte, hörte er die Tür. Er ging in den Flur, um Sabine zu begrüßen. Sie las etwas auf ihrem Handy, aber als sie ihn sah, steckte sie das Gerät schnell in die Tasche. Hast du einen schönen Tag gehabt?, fragte sie und ließ sich von ihm küssen. Er hatte vergessen einzukaufen, aber Sabine nahm es gelassen und sagte, im Tiefkühler müssten noch die Reste des Gulaschs sein, das sie vor einem Monat gekocht hätte. Sie aßen, ohne viel zu reden. Als Adrian von seinem Teller aufsah, war es ihm, als beobachte ihn Sabine, aber sie wandte schnell den Blick ab und stand auf, um den Tisch abzuräumen.

Sie saßen im Wohnzimmer. Er auf dem Sofa, Sabine auf einem Sessel, jeder mit seinem Laptop auf den Knien. Arbeitest du?, fragte Sabine. Ich lese die Zeitung, sagte er. Und ein paar E-Mails muss ich beantworten. Und du? Ich muss das Konzept für die Brauerei noch einmal durchgehen und ergänzen, sagte sie. Wir wollen es morgen besprechen. Sie tippte etwas, während Adrian Patiencen legte. Als er zu ihr hinüberschaute, war es ihm, als sei ihr Gesicht etwas gerötet. Sie lächelte und sah dabei jünger aus, als sie war. Am liebsten wäre er zu ihr hinübergegangen und hätte sie geküsst.

Lieber Dietrich,
du bist ganz schön forsch. Eben tranken wir noch ein Glas zusammen, und schon küssen wir uns. Bist du immer so schnell bei deinen Eroberungen?
Sabine

Ich stelle mir gerade vor, wie du zu Hause sitzt und lächelst, während du mir das schreibst.
Dietrich

Woher weißt du, dass ich zu Hause bin? Vielleicht sitze ich ja noch im Büro und arbeite an der ultimativen Präsentation, die eure in den Schatten stellen wird.
S.

Das glaube ich nicht. Du hast gar nicht geschrieben, was du von meiner Phantasie hältst? Ob du mir einen Kuss oder eine Ohrfeige geben würdest.
D.

Erst eine Ohrfeige, dann einen Kuss.
S.

Adrian war zugleich erregt und empört. Er schaute zu Sabine hinüber, sie tippte etwas, zögerte, dann drückte sie eine Taste mit einem Gesicht, als löse sie eine Sprengung aus und schloss den Laptop. Adrian wollte es ihr gerade gleichtun, als in seinem Posteingang eine neue Nachricht auftauchte.

P. S.: Übrigens habe ich mich heute von meinem Freund getrennt und bin bereit zu allen Schandtaten.

Adrian schnappte nach Luft. Obwohl er sich schon oft gefragt hatte, wie lange Sabine es noch mit ihm aushalten würde, so wie er in den letzten Monaten drauf gewesen war. Es so plötzlich zu erfahren, war dennoch ein Schock. Und vor allem, dass sie es nicht ihm sagte, sondern einem Mann schrieb, den sie kaum kannte, als sei es nur eine Bagatelle.

Ich bin ein verheirateter Mann!!!

schrieb er und schickte die Antwort ab, aber Sabine war schon verschwunden, sie würde sie heute wohl nicht mehr lesen. Als er ins Schlafzimmer kam, hatte sie das Licht schon gelöscht, aber kaum war er unter die Decke geschlüpft, rutschte sie zu ihm herüber und küsste ihn mit einer Leidenschaftlichkeit, die er ihr schon lange nicht mehr zugetraut hatte. Während sie sich liebten, fragte er sich, ob es das letzte Mal sein, ob Sabine ihm danach den Laufpass geben würde. Weinst du?, fragte sie lachend und fuhr ihm mit der Hand über das Gesicht. Was ist denn mit dir los?

Er schlief schlecht in dieser Nacht. Er fragte sich, wann und wie Sabine es ihm sagen würde. Er war vor zwei Jahren zu ihr gezogen und hatte seine Wohnung aufgegeben. Bestimmt würde sie ihn hinauswerfen, er könnte es ihr noch nicht einmal verdenken. Er bezahlte zwar einen Teil der Miete, aber sie konnte die Wohnung problemlos auch ohne ihn tragen. Sein Arbeitslosengeld hingegen würde für keine anständige Wohnung reichen, allenfalls für ein möbliertes Zimmer. Und Aufträge von der Agentur würde er in Zukunft bestimmt auch nicht mehr kriegen, Sabine hatte sicher keine Lust, ihm nach der Trennung weiter zu begegnen. Er sah sein ganzes Leben vor die Hunde gehen, und das alles nur wegen eines Idioten aus Stuttgart.

Beim Frühstück war Sabine bester Laune. Sie

sprach von der Kampagne, die sie planten, *hundert Prozent Bier, null Prozent Alkohol.* Sie fragte, was er davon halte, aber er wusste nicht, was sagen, seine Gedanken drehten sich im Kreis, er konnte an nichts anderes denken als an die Trennung und an die Folgen, die sie haben würde. Kaum war Sabine gegangen, startete er den Computer und fing an, auf den entsprechenden Plattformen nach Stellen und nach einem Zimmer zu suchen, er wollte wenigstens nicht ganz unvorbereitet sein.

Niemand schien einen Texter zu brauchen, erst als er die Suche ausweitete, tauchten ein paar Angebote auf. Ein Versicherungskonzern suchte einen Pressesprecher und auch ein paar Aushilfsstellen für Lehrer, seinen ursprünglichen Beruf, waren ausgeschrieben. Er verfasste einen Lebenslauf, suchte seine Zeugnisse und Diplome zusammen und scannte sie ein. Noch vor dem Mittag ging er zum Briefkasten und schickte vier Bewerbungen los. Die Suche nach einem Zimmer oder einer kleinen Wohnung war schwieriger. Aber vielleicht wäre Sabine ja einverstanden, dass er noch eine Weile bei ihr wohnen blieb und im Gästezimmer schlief, sie hatten ja keinen Streit, Sabine schien einfach genug von ihm zu haben.

Den Nachmittag verbrachte er damit, seine Sachen aufzuräumen, die Wäsche zu waschen und die Wohnung zu putzen. Er kaufte Lebensmittel ein, am Blumenstand zögerte er. Er hatte Sabine seit Ewigkeiten keine Blumen geschenkt, es wäre ein bisschen verlogen, ausgerechnet jetzt damit anzukommen. Aber er hatte ohnehin nichts mehr zu verlieren, also kaufte er einen Strauß Tulpen.

Erst nachdem er die Lebensmittel im Kühlschrank verstaut und die Blumen in die Vase gestellt hatte, dachte er daran, die Mails abzurufen. Sabine hatte am Morgen auf dem Arbeitsweg geantwortet, nur ein paar Worte:

Kalte Füße, mein Held?

Er überlegte lange, was er ihr antworten sollte. Am liebsten hätte er ihr gar nicht mehr geschrieben, aber dann würde der ganze Betrug bestimmt auffliegen, und Sabine würde ihn sofort auf die Straße setzen. Sollte er vortäuschen, dass Dietrich tatsächlich kalte Füße bekommen hatte? Aber nach den Mails, die er bisher geschrieben hatte, war das wenig wahrscheinlich. Außerdem musste er damit rechnen, dass Sabine Dietrich darauf ansprechen würde, wenn sie sich wiederbegegneten. Schließlich entschied sich Adrian, die Sache zu einem Ende zu bringen. Er wollte sehen, wie weit Sabine gehen würde. Wenn sie sich tatsächlich darauf einließ, Dietrich in einem Hotelzimmer zu treffen, hätte er zumindest moralisch gesiegt.

Liebe Sabine,
die Temperatur meiner Füße bewegt sich im saisonalen Mittel. Ich wollte dir nur nichts vormachen. Wenn du am nächsten Dienstag Zeit hast, wäre es mir ein Vergnügen, dich an meiner Minibar zu empfangen.
Dein Dieter

Eine halbe Stunde später kam schon die Antwort von Sabine.

Gar keine Phantasien heute? Keine Zweideutigkeiten? Keine Küsse auf meine Knie? Dienstagabend müsste gehen, je früher, desto besser. Allzu lange werde ich nicht bleiben können, aber in ein paar Stunden kann ja manches passieren.
S.

Nachdem einige Mails hin und her gegangen waren, hatten sie sich auf achtzehn Uhr geeinigt. Schick mir eine SMS mit deiner Zimmernummer, schrieb Sabine, und Adrian wunderte sich wieder über die Unverfrorenheit und die Planmäßigkeit, mit der sie ihn hinterging.

Als Sabine nach Hause kam, hatte Adrian schon gekocht und den Tisch gedeckt. Was ist denn hier los?, fragte sie. Hast du mir etwas zu beichten? Oder willst du um meine Hand anhalten? Sie lachte ganz unbefangen, als habe sie etwas sehr Komisches gesagt. Ich hatte einfach Lust, mal wieder richtig zu kochen, sagte Adrian. Und Wäsche zu waschen und die Wohnung aufzuräumen?, fragte Sabine mit hochgezogenen Augenbrauen.

Adrian hatte sich den ganzen Tag immer wieder gefragt, wann Sabine es ihm sagen würde. Würde sie das Wochenende abwarten, damit sie in Ruhe reden könnten? Oder wollte sie sich erst mit Dietrich treffen und ihn dann vor vollendete Tatsachen stellen? Ich habe einen anderen, tut mir leid. Aber was würde sie tun, wenn sie merkte, dass es den Dietrich, der ihr ein unanständiges Angebot gemacht hatte, gar nicht gab? Bestimmt nicht reuig zu ihrem Freund zurückkehren, das hätte ihr nicht ähnlich gesehen. Erst recht nicht, wenn sie merkte, dass er sie in eine Falle gelockt hatte.

Nach dem Essen saßen sie wie am Abend zuvor mit ihren Laptops auf den Knien im Wohnzimmer, Adrian gab wieder vor, die Zeitung zu lesen, Sabine, zu arbeiten. Kaum hatten sie sich hingesetzt, kam die erste Mail an Dietrich. Sabine forderte noch einmal die Phantasien ein, die er ihr schuldig sei. Oder ob er nach dem Kuss am Fenster nach Hause gehen wolle? Adrian schrieb ihr eine Mail, in der er sich erkundigte, wie ihr Freund die Trennung aufgenommen habe, ob alles in Ordnung sei bei ihr, aber er schickte sie nicht ab aus Angst, Sabine könnte misstrauisch werden. Stattdessen spann er seine Phantasie etwas weiter, schrieb, wie er sie ausziehen, sie umarmen und lieben würde, er merkte selbst, wie hölzern das alles klang. Sabine tippte auf ihrem Laptop, aber es kam keine Antwort. Vielleicht arbeitete sie tatsächlich an ihrem Konzept. Adrian wollte sich schon in einer zweiten Mail entschuldigen, da kam endlich ihre Antwort. Sie schrieb, seine Phantasien hätten ihr gefallen, aber warum sie sich auf dem Boden lieben müssten, ob es nicht viel bequemer wäre im Bett? Dann beschrieb sie, wie sie sich die Begegnung vorstellte, und von nun an gingen die Mails in immer kürzeren Abständen hin und her. Die Ironie der ersten Nachrichten wich bald einer Direktheit, die Adrian weder sich selbst noch Sabine zugetraut hätte. Sie liebten sich mit Worten, und vielleicht war es der fehlende Widerstand der Wirklichkeit, der sie dazu verleitete, viel weiter zu gehen, als sie es bei einer tatsächlichen Begegnung getan hätten. Manchmal schaute Adrian verstohlen zu Sabine hinüber. Er hatte den Eindruck, als sei sie gar nicht mehr anwesend, als habe ihr Geist ihren Körper verlassen und bewege sich mit seinem durch die fiktiven Räume ihrer Phantasien.

Das ganze Wochenende über war Adrian nervös. Er kam sich vor wie ein Gefangener, der darauf wartet, dass sein Urteil vollstreckt wird, ohne zu wissen, wann es so weit ist. Für Momente glaubte er, Sabine habe es sich anders überlegt. Aber nur weil er ihr einen Blumenstrauß gekauft und die Wohnung aufgeräumt hatte, würde sie ihre Meinung bestimmt nicht ändern. Am Sonntagnachmittag war er nahe daran, das Thema selbst zur Sprache zu bringen, um endlich Gewissheit zu haben. Beim Abendessen sagte Sabine, sie werde am Dienstag mit Isabelle ins Kino gehen. Er fragte nicht einmal, welchen Film sie sich anschauen wollten, er hätte es nicht ertragen, ihr dabei zuzuhören, wie sie sich ihre Lügengeschichte ausdachte. Es könnte spät werden, sagte sie, Isabelle hat angedeutet, dass sie etwas mit mir besprechen muss. Ich nehme an, eine Männergeschichte.

Aus den Lautsprechern tönte *Stormy Weather*, das Stück hatte Adrian sofort erkannt. Er schaute zum hundertsten Mal, seit er hier war, auf die Uhr, es war kurz vor sechs. Er hatte das Zimmer auf den Namen seines Widersachers gebucht, aber erst als er es bezogen hatte und Sabine die Nummer schicken wollte, wurde ihm bewusst, dass seine Handynummer ihn verraten hätte. Also hatte er beschlossen, in der Bar auf sie zu warten, von der aus die Hotellobby zu überblicken war. Vielleicht hoffte er auch insgeheim, dass sie nicht kommen würde, wenn er sich nicht meldete, dass sie kalte Füße bekommen hatte wie Dietrich.

Plötzlich stand Sabine in der Halle. Adrians Herz schlug höher, wie ganz am Anfang ihrer Beziehung, als er vor jedem Treffen so aufgeregt war, dass er kaum essen konnte. Sie trug das kurze schwarze Kleid, das ihm so gefiel, dunkle Strümpfe und das einzige Paar High Heels, das sie besaß. Hätte er sie nicht schon so lange gekannt, er hätte sich gleich noch einmal in sie verliebt.

Sabine stand einen Moment ratlos da und schaute sich um. Dann trafen sich ihre Blicke, aber sie schien nicht zu erschrecken, sie lächelte und kam mit unsicheren Schritten auf ihn zu. Dietrich?, fragte sie, immer noch lächelnd und setzte sich ihm gegenüber. Adrian nickte. Ich bin ein bisschen aufgeregt, sagte Sabine und lachte nervös, ich mache das nicht jeden Tag. Ich auch nicht, sagte Adrian, mehr brachte er nicht heraus.

Wenn es dunkel wird

Woran ich mich erinnere? Dass alles noch so war wie damals. Dass es drinnen kälter war als draußen, dass es düster war. Nach Stunden im Freien gewöhnten sich meine Augen nur langsam an die Finsternis. Die Feuerstelle mit offenem Kamin, der rohe Holztisch, die Bänke, der Schüttstein, alles alt und abgenutzt. Strom gab es noch immer nicht, auch kein fließendes Wasser. An der Wand hingen an Nägeln Töpfe und Kellen, eine kleine Axt, ein fast blinder Spiegel, der mein Gesicht so verhärmt aussehen ließ, als sei ich über Nacht Jahrzehnte gealtert. Es gab kaum Vorräte, nur Teigwaren, ein paar Konservendosen, löslichen Kaffee. Wie Irrlichter die leuchtenden Farben des Plastiks, ein rosa Becken, eine blaue Dose Handcreme, eine rote Zahnpastatube, drei Zahnbürsten in verschiedenen Farben, zwei davon für Kinder. Auch die hellgrünen Gummistiefel neben der Tür in Kindergrößen wie die leuchtend gelben Regenjacken darüber.

Zur Linken führte eine Tür in den kleinen Verschlag, das Matratzenlager, in dem ich und mein

Bruder geschlafen hatten. Ein winziges, völlig verschmutztes und von Spinnweben verklebtes Fenster. Ein Nest aus Schlafsäcken und Steppdecken, gestrickten Decken und Kissen in karierten Bezügen. Zwei abgewetzte Stofftiere drängten sich in eine Ecke, als seien sie in diesen hintersten Winkel geflohen aus Angst vor, ich weiß nicht, was. Es roch nach Staub und ungewaschenen Haaren.

Auf der gegenüberliegenden Seite die kleine Stube, in der die Mutter geschlafen hatte, ein Tisch, ein Bett, ein Kanonenofen. Auf einem Brett an der Wand Bücher über Tiere und Pflanzen der Gegend, Landkarten und Gesellschaftsspiele, Federn, ein paar seltsam geformte Steine, oder waren es Knochen? An den Wänden unbeholfene Zeichnungen, die Berge, die Wasserlöcher, die Hütte, eine Spiegelung der Welt, die uns umgab. Rinder und Schafe, Gämsen, Murmeltiere und angedeutete Vögel, eine Frau und zwei Kinder, ein Junge und ein Mädchen vielleicht. Die Zeichnungen waren mit Namen versehen. Luca und Annina.

Im Wirtshaus hatte ich zum ersten Mal von der Frau und den Kindern gehört. Niemand hatte sie selbst gesehen, man wusste nur von dem oder jenem, dass er sie aus der Ferne beobachtet hatte, ihnen beim Schattgaden begegnet sei, in der Nähe der Langwand, dass am Abend Rauch aus dem

Kamin der Silberenalp gekommen sei, obwohl die Älpler schon vor Wochen die Rinder ins Tal getrieben hatten.

Wer hat sie gesehen?, fragte ich. Wer ist ihnen begegnet? Aber niemand erinnerte sich genau. Jäger, Wanderer, der Betschart Anton? Als ich ihn anrief, wusste er von nichts. Aber auch er hatte von der Frau und den Kindern gehört, von wem wusste er nicht mehr. Am nächsten Tag rief ich meinen Chef in Schwyz an, fragte, was zu tun sei, ob ich die Hütte überprüfen solle? Er winkte ab. Die Jäger erzählten viel, wenn der Tag lang sei. Vielleicht sei ihnen der Schnaps zu Kopf gestiegen oder der Nebel. Als ich nach Mitternacht an der Wirtschaft vorbeikam, brannte noch Licht. Ein halbes Dutzend Männer saß da, die geheimnisvolle Frau und ihre Kinder waren immer noch das Gesprächsthema. Vielleicht seien es ja Flüchtlinge, die sich da oben versteckten, sagte einer, nicht dass die erfrören oder verhungerten, sonst hieße es wieder. Eine Frau, die sich vor ihrem Mann verstecke, die die Kinder entführt habe, eine aus dem Glarnerland. Dann kamen die Geschichten von jenen, die da oben verschwunden waren über die Jahrzehnte, alte Geschichten, von denen wohl nur die Hälfte wahr war. Die Männer schauten mich an, nur einer nicht, der sagte in den Raum hinaus, die Polizei müsste halt mal nachschauen. Ins Gesicht gesagt hätte es mir keiner. Ich forderte sie auf, nach Hause zu gehen. In einer Viertelstunde will ich hier keinen mehr sehen. Sie murrten herum, sie ließen sich nicht gern von einer Frau herumkommandieren, auch nicht oder erst recht nicht von einer Frau in Uniform.

Ich hatte mich im Frühling von meinem Freund getrennt, aus Gründen, die hier nichts zur Sache tun. Wir hatten uns in der Polizeischule kennengelernt und hatten auch danach während der Arbeit so viel miteinander zu tun gehabt, dass ich mich nach der Trennung hierherauf hatte versetzen lassen, möglichst weit weg von ihm, ins Tal, in dem ich die ersten zehn Jahre meiner Kindheit verbracht hatte. Aber das Dorf hatte sich verändert in der Zeit meiner Abwesenheit, oder vielleicht war ich es, die sich verändert hatte. Jedenfalls fühlte ich mich weniger zu Hause als im Hauptort, wo ich die letzten Jahre gewohnt hatte.

An meinem nächsten freien Tag entschloss ich mich, auf der Silberenalp nachzuschauen, was es mit den Gerüchten auf sich hatte. Ich packte Proviant ein und fuhr mit dem Wagen auf die Passhöhe. Der Weg durch den Karst war anstrengend, aber ich liebe die Wildheit und die Abgeschiedenheit dieses Gebiets, was auch immer hier geschehen ist. Die Landschaft trägt keine Schuld, sie hat keine Erinnerung, keine Vergangenheit, sie ist immer nur das, was sie gerade ist, das, was sie immer gewesen ist. Der hellgrau verwitterte Fels wirkt lebendig, das Wasser hat ihn zu organischen Gebilden geformt, hat Rillen geätzt in den Kalk, Löcher gebildet und Spalten, in denen Farne wachsen, Gras und Alpenrosen. Die Vergangenheit liegt unter dem Karst, im riesigen Höhlensystem, das sich über Jahrmillionen gebildet hat und von dem erst der kleinste Teil erforscht ist.

Auf der Hochebene standen mehrere mannshohe Steinpyramiden wie stille Wächter. Aus der höchsten ragte ein Kreuz aus rostigem Eisen, als gelte es, den Berggeistern etwas entgegenzusetzen. In einer Nische der Steinpyramide steckte eine schwarze Blechdose und darin ein Gipfelbuch, ein einfaches Ringheft, und ein Kugelschreiber. Manche Berggänger hatten nur das Datum und ihre Namen eingetragen, andere die Route, die sie gegangen waren, und einige hatten eine Bemerkung hinzugefügt, wie schön die Landschaft sei, wie schlecht das Wetter, ein Liebespaar hatte seine Namen eingetragen und ein Herz dazu gezeichnet. Die letzte Eintragung war undatiert, nur ein Name, Thomas. Ich schrieb meinen Namen daneben, verstaute das Heft und ging weiter.

Nach vielleicht zwei Stunden sah ich die Alp unter mir. Beim Abstieg kam alles zurück, die Erinnerung an die langen Sommer, die wir hier oben verbracht hatten, halb verwildert wie Tiere. Wir waren mit der Mutter oben gewesen, hatten die Rinder gehütet, während sich der Vater und die Großeltern im Tal um den Hof gekümmert hatten. Es war, bevor ich zur Schule musste, später in den langen Sommerferien. Ich weiß nicht, wie viele Sommer ich hier verbrachte, in der Erinnerung waren sie alle zu einem einzigen geworden. Die Sonne scheint, es ist heiß, es regnet tagelang, es schneit, Nebel hüllt alles ein. Stürme kommen auf, und wir treiben die Rinder in den Stall und hören sie die ganze Nacht unruhig herumgehen, hören den Regen auf dem Blechdach und den Wind, der an den Wänden der Hütte zerrt.

Es ist ein kühler Morgen, alles ist nass. Als ich aufstehe, sehe ich die Mutter draußen Kräuter sammeln. Gebückt geht sie über die Weiden, den Stock hat sie neben sich ins Gras gelegt. Ich trete vor die Hütte, winke ihr, aber sie scheint mich nicht wahrzunehmen, obwohl es manchmal aussieht, als schaue sie in meine Richtung. Sie trägt ein Kleid, wie es die Bäuerinnen hier immer getragen haben, eine Schürze und schwere Schuhe.

Die Hütte war nicht verschlossen. Ich ging hinein und schaute mich um. Ich setzte mich an den Tisch in der Stube und aß den mitgebrachten Proviant.

Ich erinnerte mich an die langen Abende, wenn die Mutter uns beim trüben Licht einer Gaslampe Märchen und Sagen erzählte. Wie die Minoritinnen dem Teufel eine verlorene Seele abgehandelt und ihm dafür die Silberen verpachteten. Wie er das Gebiet mit zwei Feuergäulen umpflügte und so der Karst entstand und wie der Teufel dann vor Scham und Schrecken über sein Werk im Erdboden versank. Ich weiß noch, wie stolz ich war, dass wir mutiger waren als der Teufel und uns nicht schreckten, hier oben die Sommer zu verbringen.

Mein Bruder und ich liebten es, auf der Alp zu sein. Wir waren den ganzen Tag draußen, kletterten die Hänge hoch, so geschickt wie die Gämsen, pfiffen wie die Murmeltiere. Wir brachten der Mutter Silberdisteln mit und seltsam geformte Steine, Federn und manchmal Knochen, die wir in den Felsspalten fanden und die schon ganz ausgebleicht und verwittert waren. Wir sammelten Pilze und Heidelbeeren, flochten Kränze aus Farnwedeln und Wollgras und ließen sie auf dem Wasser hinter der Hütte treiben. Wir warfen Steine ins Wasserloch, das so tief war, dass man den Grund nicht sah. Erst wenn es dunkel wurde, gingen wir zurück zur Mutter.

Im letzten Sommer, den wir gemeinsam auf der Alp verbrachten, entschloss ich mich, Polizistin zu werden. Als die Beamten kamen, um nach meinem Bruder zu suchen. Ich war erst zehn Jahre alt, aber ich habe nie vergessen, wie die Männer auftauchten, wie sie sich breitmachten in der Hütte, sich besprachen, wie sie sich im Gebiet verteilten, in Kolonnen den Karst abgingen, wie die Hunde bellten und ihr Gekläff von den Felswänden widerhallte, stundenlang, tagelang. Aber was im Karst verlorengeht, wird nicht wieder gefunden.

Ich weiß noch, wie wir in jenem letzten Jahr von der Alp abzogen. Mein Vater und mein Großvater waren mit den Pferden heraufgekommen, um unsere Sachen ins Tal zu bringen. Der Großvater ging voraus, dann folgten die Rinder, dann der Vater, der die Pferde mit den Lasten führte. Zuhinterst gingen meine Mutter und ich. Bevor die Alp endgültig aus unseren Blicken verschwand, drehte die Mutter sich noch einmal um, schaute zurück und stieß einen Laut aus, der etwas Unmenschliches hatte, ein klagendes Stöhnen, das zugleich wie ein Ruf klang, schmerzvoll und ohne Hoffnung auf Erwiderung. Kaum war der Ruf verstummt, war ich nicht sicher, ob ich ihn gehört hatte.

Ich saß den ganzen Nachmittag in der Hütte, wartete darauf, dass die Frau und die Kinder auftauchten, aber niemand kam. Draußen waren tiefhängende Wolken aufgezogen, für die nächsten Tage war Regen angekündigt, vielleicht würde er in Schnee übergehen. Endlich entschloss ich mich zurückzugehen, um nicht über Nacht hierbleiben zu müssen. Der Weg über den Karst wäre kürzer gewesen, aber die Hochebene war von den Wolken verhüllt, die Sicht würde schlecht sein dort oben, die Markierungen schwer zu finden. Ich entschloss mich, den weiteren, aber sicheren Weg um den Karst herum zu nehmen.

Die Hütte lag mitten in einem weiten Talkessel, der von Felsen umringt war. Ich ging über die sumpfigen Weiden, wo das Grün dunkler war als an den trockenen Hängen, durch Felder von spät blühendem Wollgras, das sich im Wind bewegte. Die Seelen der Verstorbenen, hieß es, steckten in den Wollgräsern, und wirklich kamen sie mir vor wie eine Gemeinde von Wesen, die früher hier gelebt hatten und leise flüsterten im Wind, ihre Geschichten erzählten von alten Zeiten, von Krankheiten und Unwettern, von guten und bösen Menschen.

Das Gelände wurde steiler, dann kam ich in felsiges Gebiet. Der Nebel wehte den Berg herunter, hüllte mich ein und ließ mich gleich wieder frei, nur um mich erneut einzuhüllen. Ich hätte das Kind von damals sein können, nichts hatte sich verändert. Ich war ein kleines Mädchen, schmutzig und wild, ich trat nach den Steinen, sang vor mich hin, riss Grashalme aus und warf sie nach meinem Bruder.

Es war kühl geworden, und es war ganz still. Nur meine Schritte waren zu hören, mein Atem, das Rascheln meiner Windjacke und dann und wann das Klackern eines Steins, der sich irgendwo gelöst hatte und in die Tiefe rollte. Ich fühlte mich allein, wie man sich nur in den Bergen allein fühlen kann. Als ich still stand, hörte das Geräusch der Schritte nicht auf. Ich drehte mich um und sah vielleicht hundert Meter hinter mir die Frau, die jetzt ebenfalls still stand. Sie schien nicht viel älter zu sein als ich, aber sie trug altertümliche Kleidung und hatte einen Stock in der Hand. Als ich mich abwandte und weiterging, hörte ich wieder ihre Schritte, und ich drehte mich noch einmal um und sah, dass sie näher gekommen war. Von nun an ging sie immer in derselben Distanz hinter mir her, und obwohl ich vorausging, hatte ich das Gefühl, sie leite mich durch den zunehmend dichter werdenden Nebel zurück.

Auf der Passhöhe setzte sich die Frau ohne Umstände auf den Beifahrersitz und ließ sich schweigend ins Tal fahren. Als ich anhielt, stieg sie mit mir aus, warf die Tür des Wagens zu und betrat hinter mir den Posten. Sie erkundigte sich nach der Toilette, nach einem Ort, an dem sie trinken und sich waschen könne. Ich führte sie in die Zelle, die kaum je benutzt wird. Ich ließ die Tür offen stehen. Als sie sich hinlegte, wurde mir zum ersten Mal bewusst, wie unangemessen der Ort war, viel zu klein für einen Menschen, zu karg, ein Käfig für ein wildes Tier. Eine hölzerne Pritsche, ein Stuhl, ein Loch statt einer Toilette, ein vergittertes Fenster, so hoch oben, dass nur der Himmel zu sehen war. Die Frau lag auf der Pritsche, zusammengerollt wie ein Kind. Als ich ihr die Hand auf die Schulter legte, stand sie ohne weiteres auf und folgte mir ins Büro, setzte sich mir gegenüber wie ein Spiegelbild.

Wo sind die Kinder?, fragte ich. Die Zeit eilte, die Kinder waren irgendwo da draußen, Nebel zog auf, und bald würde es ganz dunkel sein. Es ging nicht um Schuld oder Unschuld, es ging darum, die Kinder zu retten. Man kann nichts finden, was schon verloren ist. Die Frau schaute mich an, zum ersten Mal schaute sie mir in die Augen. Wo sind die Kinder? Wo sind Luca und Annina? Ich habe keine Kinder mehr, sagte sie. Sie wurden gesehen, sagte ich, wir haben Hinweise bekommen von Jägern und Wanderern, dass eine Frau und zwei Kinder sich in der Hütte aufhalten, sich in der Gegend bewegen. Ich habe die Kleider der Kinder gesehen, ihre Stiefel, ihre Stofftiere, ihre Zahnbürsten. Ich habe ihre Zeichnungen gesehen. Die Frau lächelte mich an, liebevoll und traurig. Sie schwieg.

Ich trat vor den Posten und schaute hoch in Richtung der Passhöhe und sah die Kinder vor mir, wie sie sich an einen Felsen kauerten, um sich vor der Kälte zu schützen, wie sie den Nebeln trotzten, der Stille, der Verlassenheit. Ich denke wie sie, ich bin ganz wach, erregt, lebe nur in diesem Moment. Ich rufe nach ihnen, sie springen hoch aus ihrem Versteck, rennen mir entgegen, werfen sich mir um den Hals. Sie lachen, und ich lache auch vor Erleichterung. Als ich wieder in die Wärme des Postens trat, schämte ich mich. Ich hätte draußen sein sollen, nach den Kindern suchen, die Kinder finden.

Wir saßen uns die längste Zeit nur gegenüber, dann sagte die Frau, es sind immer die Mütter, die den Kindern den Tod wünschen. Sie haben ihnen das Leben geschenkt, dürfen sie es dann nicht zurückverlangen? Es ist immer die Mutter, sagte sie. Wenn das Essen nicht reicht, schickt sie den Vater mit den Kindern in den Wald, schickt sie die Kinder alleine in den Wald. Damit sie sich verlaufen, damit die Hexe sie verzaubert, damit die wilden Tiere sie fressen. Ich sagte, es gibt keinen Wald dort oben und auch keine gefährlichen Tiere.

Kennst du den Chindlischtei, fragte die Frau, dort kamen früher die kleinen Kinder her. Wer sich eins wünschte, musste um den Stein herumgehen und beten. Wenn man am Stein horcht, kann man noch heute das Weinen der Ungeborenen hören. Ich kann ihn dir zeigen.

Die Frau lag wieder auf der Pritsche, sie war eingeschlafen. Ich deckte sie zu mit einer alten Wolldecke. Ich stellte mir vor, sie sei mein Kind, ich müsse sie behüten, mich um sie kümmern. Ich hatte nie Kinder gewollt, ich hätte die Angst um sie nicht ertragen. Jede Geburt ist ein Todesurteil. Mein Freund hatte das nie verstanden. Er hatte vieles nicht verstanden.

Die Frau schlief unruhig, murmelte im Schlaf, atmete unregelmäßig. Ich strich ihr das Haar aus der Stirn. Ich wollte da sein, wenn sie erwachte. Ich setzte mich auf den Boden der Zelle, er war kalt, aber das machte mir nichts aus, ich war Kälte gewohnt. Die Zelle schien weniger eng zu sein, jetzt, wo wir zu zweit darin waren. Ich lehnte mich an die Wand und schloss die Augen.

Ich bin in einer Höhle, es ist stockdunkel, aber wenn ich mich bewege, spüre ich den rauen Fels, der mich umgibt, die Feuchtigkeit, den lehmigen Boden, die losen Steine. Geräusche von Wasser sind zu hören, Tropfen und Plätschern und Fließen und Rauschen aus allen Richtungen, manchmal ganz nah, manchmal weiter weg. Und dann das Flüstern und Lachen der Kinder. Ich rufe nach ihnen, aber sie scheinen mich nicht zu hören. Ich folge den Stimmen, stolpere, falle hin. Ich krieche auf allen vieren über den unebenen Boden. Die Stimmen werden leiser, dann wieder lauter, manchmal sind sie ganz nah, dann scheinen sie sich zu entfernen. Am Hall errate ich die Größe der Räume, manche sind weit wie Kathedralen, manche eng, manche lang und schmal, manchmal scheint es nicht weiterzugehen. Ich muss mich auf den Bauch legen, um die engsten Stellen kriechend zu überwinden, aber ich kann die Kinder nicht erreichen.

Der Morgen war gnadenlos. Der Nebel war so dicht, dass die Häuser auf der anderen Straßenseite nur schemenhaft zu erkennen waren. Die Fahrbahn war nass, selbst an den Fenstern hatten sich Wassertropfen gebildet. Ich machte Kaffee und holte Brot beim Bäcker nebenan. Als ich zurückkam, war die Frau aufgestanden, sie hatte sich bis auf die Unterwäsche ausgezogen und wusch sich in der kleinen Kaffeeküche. Ich konnte den Blick nicht abwenden. Sie war fülliger als ich, ihr Becken war breit, ihre Brüste schwer, die Achselhöhlen behaart, die Füße schmutzig, als sei sie viel barfuß gegangen. Sie wirkte in sich gekehrt, fast andächtig, während sie sich wusch. Es sah aus, als vollziehe sie ein Ritual.

Ich rief die Einsatzzentrale an, berichtete von meinen Beobachtungen in der Hütte, von den Spuren der Anwesenheit von zwei Kindern, Luca und Annina, von der Frau, die ich aufgegriffen hatte. Der Kollege versprach Abklärungen zu machen und zurückzurufen. Erst nach dem Mittag klingelte das Telefon. Man hatte den Besitzer der Hütte ausfindig gemacht. Der hatte erklärt, die Sachen gehörten seinen Kindern, sie hätten sie oben gelassen fürs nächste Jahr. Was es mit der Frau auf sich habe, wisse er nicht, sagte der Kollege, aber es gäbe keinen Grund, sie festzuhalten. Geht es dir besser?, fragte er. Ich hängte auf.

Die Frau verbrachte den ganzen Tag bei mir auf dem Posten. Die meiste Zeit saß sie auf einem der Sessel im Eingangsbereich, aber wenn jemand kam, zog sie sich in die Zelle zurück, als wolle sie nicht gesehen werden. Nur ihr Stock stand noch da, aber niemand schien ihn zu bemerken. Als ich gegen Abend meine Sachen zusammenpackte, fragte sie, ob sie in der Zelle schlafen dürfe, sie wisse nicht, wohin sie sonst gehen solle. Ich konnte es ihr nicht verwehren, aber alleine lassen konnte ich sie auch nicht.

Sie wusch sich in derselben Weise wie am Morgen. Ich tat es ihr gleich, und jetzt betrachtete sie mich, wie ich sie betrachtet hatte. Aber ihr Blick war nicht verstohlen wie meiner, sondern selbstbewusst und voller Stolz. Sie lächelte.

Die Pritsche war zu schmal für zwei. Komm, sagte sie und öffnete die Arme. Ich legte mich auf sie, spürte ihre Wärme, ihren weichen Körper, ihren Atem an meinem Hals. Ich wurde ganz klein, verkroch mich in ihr, in ihrer Dunkelheit. Ihr Stöhnen, ihr keuchender Atem, ihr Schmerz, ihre Lust. Ein Schrei ohne Hoffnung und ohne Erwiderung.

Am nächsten Tag kam mein Exfreund auf dem Posten vorbei. Er wolle nur nach dem Rechten sehen, sagte er, aber ich wusste, wer ihn geschickt hatte. Ob es mir besser gehe, fragte er, ob es nicht einsam sei, immer hier oben zu sein. Ich musste ihn so schnell wie möglich loswerden, das war mein einziger Gedanke. Trotzdem erzählte ich ihm von der Frau. Ich sei übermüdet, meinte er, ich müsse mich erholen. Der Posten könne auch einen Tag geschlossen bleiben, man rede ohnehin davon, ihn ganz aufzugeben. Er bestand darauf, mich nach Hause zu fahren

Vermutlich dachte er, ich würde ihn auf einen Kaffee heraufbitten. Er stellte den Motor ab und schaute mich an mit einem kläglichen Blick. Ich bedankte mich und sagte, es sei alles in Ordnung, er brauche sich keine Sorgen zu machen. Kaum war er weg, ging ich zurück auf den Posten. Ich konnte die Frau nicht alleine lassen. Sie war immer noch da, sie saß in der Zelle und lächelte mich an. Ich hatte schon Angst, du würdest auch noch verschwinden, sagte sie.

Diese Nacht war noch tiefer als die letzte, sie gehörte nur uns. Die Frau verriet mir ihren Namen, jetzt erst erkannte ich sie. Morgen suchen wir deinen Bruder, sagte sie.

Es war so neblig, dass ich die Scheibenwischer einschalten musste. Beim Chrüz war die Straße gesperrt, ein Schild warnte vor Steinschlag. Wir ließen den Wagen zurück und gingen zu Fuß weiter. Auf der Passhöhe verließen wir die Straße und stiegen den Berg hoch. Wir passierten die letzten Bäume, uralte, verwachsene Gebilde, dann wuchs nur noch Gras und Farn und niedriges Gebüsch, schließlich nahm der Fels überhand. Wir mussten in den Karst, obwohl er bei Nebel gefährlich war und tückisch. Wir sahen kaum zehn Meter weit, aber das macht nichts, wenn man sucht, was immer schon verloren war.

An manchen Stellen bildete der Karst gefurchte Rücken, die dann plötzlich in tiefe Spalten und Klüfte abfielen, manche so tief, dass man den Grund nicht sah. An anderen Stellen waren nur schmale Grate übrig geblieben, über die wir uns rittlings bewegen mussten. Dann wieder hatten wir steile Wände zu überwinden. Ich ging voraus, kletterte, klammerte mich an den Fels und spürte in der Umarmung das Gewicht des Berges und meine eigene Leichtigkeit.

Das Gefühl für Zeit hatte ich längst verloren, das Licht wurde gestreut, es kam aus keiner bestimmten Richtung, als stehe die Sonne über dem Nebel still. Es konnte Mittag sein oder früher oder später. Ich kann ein kleines Mädchen sein, eine junge oder eine alte Frau, es macht hier oben keinen Unterschied.

Irgendwann merke ich, dass nur noch meine Schritte zu hören sind, mein Atmen, das Rascheln meiner Jacke. Ich drehe mich um, die Frau ist verschwunden, ich bin wieder allein. Es ist mein Weg, es ist mein Schicksal, es ist mein Bruder, den ich finden muss. Es ist mein Schrei, den der Nebel verschluckt, meine Klage oder Freude, meine Lust.

Mein Blut für dich

Nachdem der Chef einen Film über den Gründer des Roten Kreuzes gesehen und eine Woche lang über nichts anderes gesprochen hatte, forderte er in einem Rundschreiben die ganze Belegschaft zum Blutspenden auf. Ein knappes Dutzend Leute meldete sich an und verschwand eines Nachmittags unter seiner Leitung. Ich hatte mich damit herausreden können, dass jemand das Telefon hüten müsse. Einer nach dem anderen kam zurück, eine weiße Binde am Arm, bis das Büro aussah wie ein Lazarett. Als der Chef ein Jahr später in der Kaffeeküche eine leere Liste aufhängen ließ mit dem Slogan *Mein Blut für dich* und der forschen Aufforderung, sich wieder anzumelden, waren es noch vier oder fünf, die sich eintrugen. Seit einigen Tagen hing die Liste wieder am Kaffeeautomaten. Die neue Lehrtochter hatte sie aufgehängt und gleich ihren Namen auf die oberste Zeile geschrieben. Bianca hatte die einfache und noch nicht ganz fertige Schönheit junger Mädchen, sie war groß und sehr schlank, hatte langes schwarzes Haar und sehr bleiche, makellose Haut. Ihre kastanienbraunen Augen schauten mit einer Mischung aus Erstaunen und Unschuld. Nur die vielen Piercings passten nicht recht zu ihrem engelhaften Wesen. Als sie sich vorgestellt hatte, hatte ein Kollege sie ein schönes Kind genannt, und danach war das ihr Spitzname, das schöne Kind, zumindest bei den Männern. Dabei war sie schon fast zwanzig und schien einiges erlebt zu haben. Sie hatte den Vorkurs an der Kunsthochschule gemacht, und man munkelte, sie habe gekokst und das Geld dafür bei einer Escortagentur verdient.

Ich hatte eine Wette mit einer älteren Kollegin verloren, weil ich behauptet hatte, Biancas Wimpern seien nicht echt. Überhaupt konnten wir Frauen nicht viel mit dem Mädchen anfangen, vermutlich war sie uns einfach zu hübsch. Wir machten uns lustig über die verzauberten Männer, die ihr alle möglichen Aufträge erteilten, nur um sie in ihrer Nähe zu haben. Trotzdem schien keiner von ihnen mit ihr Blut spenden zu wollen, vielleicht aus Angst, umzukippen und sich eine Blöße zu geben. Am Ende der wöchentlichen Sitzung wedelte der Chef mit der Liste herum und redete uns ins Gewissen. Er könne leider diesmal nicht dabei sein, aber deswegen müssten wir nicht alle kneifen. Ich sagte, ich hätte meine Tage, ich könne nicht spenden. Ich wusste selbst nicht, ob das stimmte, Hauptsache, ich hatte eine Ausrede. Die anderen Frauen schauten mich neidisch an, die Männer blickten betreten auf die Tischplatte. Schließlich sagte Herr Bruno, unser Buchhalter, er habe eigentlich keine Zeit, stecke mitten im Abschluss, aber der Chef könne ihn eintragen. Herr Bruno war klein und rundlich und hatte schütteres Haar. Er musste über fünfzig sein, aber er lebte immer noch bei seiner Mutter. Vielleicht trank er deshalb bei Firmenanlässen nie einen Tropfen Alkohol und war auch sonst in jeder Hinsicht ein nüchterner Mensch. Seine Familie stammte aus Norditalien, viel mehr wussten wir nicht von ihm. Er war höflich und ruhig und hielt sich raus, wenn es Streitereien gab.

Herr Bruno hatte wohl gehofft, sein gutes Vorbild würde die anderen animieren, es ihm gleichzutun, aber niemand sonst meldete sich, nur Bernadette, die Assistentin des Chefs, murmelte irgendeine fadenscheinige Entschuldigung. Dann gehen halt wir zwei, sagte Bianca.

Bianca erzählte mir erst Jahre später von ihrem Ausflug mit Herrn Bruno. Sie hatte die Lehre abgeschlossen und arbeitete immer noch in der Firma. Beim Weihnachtsessen kam die Rede auf den ehemaligen Buchhalter, und als ich mit Bianca vor die Tür ging, um zu rauchen, fragte ich sie, was damals eigentlich passiert sei. Sie zierte sich ein wenig, zog ein paarmal an der Zigarette und lächelte geheimnisvoll. Aber schließlich erzählte sie mir die ganze Geschichte.

Sie hatte sich im Bus neben Herrn Bruno gesetzt, was ihm unangenehm zu sein schien. Jedenfalls rückte er, so weit er konnte, von ihr weg und schaute, während er mit ihr sprach, aus dem Fenster. Er fragte sie, wie es ihr in der Agentur gefalle, ob sie in der Berufsschule mitkomme, was ihr Lieblingsfach sei. Sogar nach meinem Lieblingsessen hat er mich gefragt, sagte Bianca lachend, als sei ich ein Kind. Nachdem Herrn Bruno keine Fragen mehr einfielen, saßen sie schweigend nebeneinander wie Vater und Tochter, und Bianca musste daran denken, wie seltsam sie neben dem kleinen Mann aussehen musste, den sie um mehr als einen Kopf überragte.

Sie hatten beide noch nie Blut gespendet und wussten nicht, was auf sie zukam. Die Frau am Empfang gab ihnen ein Formular, das sie ausfüllen sollten. Sie saßen sich an einem Tisch gegenüber, und Bianca schielte auf Herrn Brunos Blatt, um sein Geburtsdatum zu sehen, aber sie konnte seine winzige Schrift nicht entziffern. Obwohl sie nur achtundvierzig Kilo wog, kreuzte sie an, sie sei über fünfzig Kilo schwer. Sie musste nachrechnen, wann sie ihr letztes Piercing gemacht und ob sie in den letzten vier Wochen Medikamente geschluckt hatte.

Ich vertrage keine Milch, sagte sie, ist das eine Allergie? Herr Bruno schüttelte den Kopf und sagte, das gehe vielen Leuten so. Milch sei nicht für Menschen gemacht, jedenfalls nicht Kuhmilch. Bianca schaute ihn erstaunt an und drehte das Blatt um. Als sie die Fragen las, errötete sie. Ob sie wechselnde Sexualpartner habe, ob sie homosexuell sei, sich prostituiere oder Drogen nehme. Auch Herr Bruno hatte sein Blatt umgedreht, und als sie wieder zu ihm hinüberschaute, sah sie, dass er zögerte. Dann machte er schnell ein paar Kreuze und faltete das Blatt zusammen.

Sie mussten eine Weile warten, dann wurde Bianca vom Arzt ins Behandlungszimmer gebeten. Er schaute kurz auf den Fragebogen, stellte ihr ein paar ergänzende Fragen und schickte sie zum Spenden. Während eine Schwester Biancas Blutdruck maß und ihr in den Finger stach, sah sie, dass Herr Bruno ins Arztzimmer ging. Sie musste sich hinlegen und den Arm frei machen. Als die Schwester die Nadel auspackte, schaute sie weg.

Bianca beobachtete fasziniert den Plastikbeutel, der auf einer Art Wippe neben ihr lag, hin und her schaukelte und sich langsam mit ihrem Blut füllte. Sie hatte überhaupt keine Angst mehr, im Gegenteil, sie fühlte sich ganz leicht, nur ein bisschen kalt war ihr. Nach vielleicht einer Viertelstunde war der Beutel voll, ein Pfeifen ertönte, und die Schwester kam und befreite sie von der Nadel und machte ihr ein Pflaster auf die Einstichstelle. Bleiben Sie noch einen Moment liegen, sagte sie, damit Ihnen nicht schwindlig wird. Bianca schaute sich um. Die anderen Pritschen waren leer. Sie stand auf und musste sich einen Moment lang festhalten, aber der Schwindel ließ schnell nach. Sie fand Herrn Bruno an einem der Tische der kleinen Cafeteria sitzen, in der die Spender sich erholen und etwas trinken konnten. Auf den Tischen standen Pappteller mit in bunte Folie verpackten Schokoladeherzen. Bianca holte sich einen Kaffee und setzte sich Herrn Bruno gegenüber. Vor ihm lagen mindestens zehn zerknüllte Schokoladefolien in regelmäßigen Abständen aufgereiht. Sie waren aber schnell, sagte Bianca lachend. Herr Bruno sagte, er fühle sich nicht wohl. Er stand auf und stützte sich mit den Armen auf der Tischplatte ab. Bianca stand ebenfalls auf, ging zu ihm und hängte sich bei ihm ein. Während sie Arm in Arm zur Bushaltestelle gingen, sagte Herr Bruno, er sei vom Spenden ausgeschlossen. Warum?, fragte Bianca und biss sich auf die Lippen. Herr Bruno gab keine Antwort.

Auch im Bus schwieg er, nur manchmal seufzte er tief oder stöhnte. Bianca fragte sich, weshalb er nicht spenden durfte. Der Gedanke, dass er wechselnde Sexualpartnerinnen hatte, schien absurd, und schwul war er bestimmt auch nicht. Vielleicht ging er zu Prostituierten? Oder er nahm Drogen? Sie konnte es sich nicht recht vorstellen, aber irgendeinen Grund, ein dunkles Geheimnis, musste es geben.

Herr Bruno sagte, er werde nicht mit ins Büro kommen, er fühle sich immer noch nicht besser. Bianca bestand darauf, ihn nach Hause zu begleiten, und ihm schien es recht zu sein. Sie mussten umsteigen und fuhren in einen Vorort, in dem sie noch nie gewesen war. Herr Bruno sagte, er müsse kurz etwas einkaufen, und gemeinsam gingen sie in einen kleinen Supermarkt an der Hauptstraße. Bianca trug den Einkaufskorb, und Herr Bruno legte ein paar Fertigprodukte hinein; Mortadella, Süßigkeiten und einen großen Panettone in einem hellblauen Karton. Vor der Kasse kramte er lange in einem Einkaufswagen mit Lebensmitteln, deren Ablaufdatum kurz bevorstand und die zum halben Preis verkauft wurden, ohne sich für etwas entscheiden zu können.

Herr Bruno wohnte in einer Siedlung aus den fünfziger Jahren. Als sie zusammen die Treppe des Mietshauses hochstiegen, sagte er, er sei in diesem Haus aufgewachsen. Vor der Wohnungstür fragte Bianca, wie er sich fühle. Sie kommen doch kurz mit hinein?, fragte er mit bittender Stimme. Sie hatte nicht das Herz, ihm den Wunsch abzuschlagen.

Kaum hatte er die Tür geöffnet, hörte sie eine Stimme, die, Bruno?, rief, und eine kleine, dicke Frau kam in den Flur geschlurft. Als sie Bianca sah, schien sie zu erschrecken, dann wurde sie ganz aufgeregt und kam schnell näher. Sie umarmte ihren Sohn und flüsterte ihm zu, so laut, dass Bianca es hören konnte, du musst mir doch sagen, wenn du eine junge Dame mit nach Hause bringst. Sie hatte einen starken italienischen Akzent. Bianca hatte plötzlich ein bisschen Angst in dieser fremden Wohnung, in der es nach Essen roch und nach alten Menschen. Sie musste an amerikanische Filme denken, in denen Leute, die so harmlos aussahen wie Herr Bruno und seine Mutter, sich plötzlich als sadistische Massenmörder erwiesen.

Sie saßen zu dritt in der Küche und tranken Tee und aßen den Panettone. Herrn Brunos Mutter mäkelte, er sei viel zu trocken und schmecke nach nichts. Ich weiß nicht, was das ist, sagte sie kauend, aber bestimmt kein Panettone. Sie wandte sich an Bianca und erzählte ihr, dass sie aus Cremona stammten, ob sie wisse, wo das sei. Brunos Vater sei vor fünfzig Jahren in die Schweiz gekommen, als Saisonarbeiter. Später habe er sie und das Kind nachholen können. Vor siebzehn Jahren sei er gestorben, an Lungenkrebs. Er hat mit Asbest gearbeitet, sagte sie und streichelte über das Haar ihres Sohnes. Jetzt habe ich nur noch den da. Herrn Brunos

Gesichtsausdruck war schwer zu deuten, der Buchhalter schien peinlich berührt zu sein, zugleich wirkte er gerührt und voller Zuneigung zu seiner alten Mutter.

Es dauerte mehr als eine Stunde, bis Bianca sich losmachen konnte. Die Mutter umarmte sie zum Abschied und küsste sie auf die Wangen und nahm ihr das Versprechen ab, sie bald wieder zu besuchen. Herr Bruno ging sehr langsam vor ihr die Treppe hinunter. Er kam ihr vor wie ein alter Mann. Unten gab er Bianca die Hand. Ich weiß nicht, was meine Mutter sich einbildet, sagte er, aber es würde mich trotzdem freuen, wenn Sie uns wieder besuchen kommen. Geht es Ihnen besser?, fragte Bianca. Herr Bruno schüttelte den Kopf.

Am nächsten Tag rief die Mutter im Geschäft an und sagte, ihr Sohn sei krank. Er kam die ganze Woche nicht und auch nicht in der nächsten Woche. Das Sekretariat hatte Geld gesammelt für einen Blumenstrauß, und Bianca wurde damit beauftragt, ihn zu überbringen. Bevor sie ging, rief der Chef sie in sein Büro und schloss die Tür hinter ihr. Er sagte, er wisse nicht, was Herrn Bruno fehle, der Buchhalter sei auf unbestimmte Zeit krankgeschrieben. Sie solle versuchen, ihm auf den Zahn zu fühlen.

Bei ihrem zweiten Besuch erfuhr Bianca nicht viel. Herrn Brunos Mutter bedankte sich für die Blumen und sagte, eigentlich müsste doch ihr Sohn dem Mädchen Blumen schenken. Dann weinte sie ein bisschen und sagte, es gehe ihm gar nicht gut. Nein, Bianca könne ihn jetzt nicht sehen, er schlafe. Was fehlt ihm denn? Die Mutter seufzte, legte eine Hand auf ihre Brust und sagte: Das Herz. Bianca fragte, ob sie etwas tun könne. Soll ich für Sie einkaufen? Die Mutter zögerte kurz, dann nahm sie das Angebot an und schrieb mit zittriger Schrift einen Einkaufszettel, der voller Schreibfehler war. Als Bianca zwei Stunden später wieder in die Firma kam, fragte der Chef, weshalb sie so lange gebraucht habe. Und Sie wissen nicht, was er hat? Sie zuckte mit den Schultern und schüttelte den Kopf.

Von nun an ging Bianca jeden zweiten Tag nach der Arbeit bei Herrn Bruno und seiner Mutter vorbei. Sie kaufte für die beiden ein, räumte die Küche auf und kochte manchmal sogar eine Kleinigkeit. Den Buchhalter sah sie erst bei ihrem vierten oder fünften Besuch. Er sprach kaum, bedankte sich nur murmelnd, als sie ihm Tee und ein paar Kekse ans Bett brachte. Das Zimmer sah aus wie das eines Kindes. Im Bücherregal standen Abenteuerromane und alte Sachbücher über ferne Länder, Flugzeuge und das Weltall. Herr Bruno schien keine körperlichen Beschwerden zu haben, aber er sah bleich aus, und sein Haar war unordentlich. Bianca bot ihm an, einen Spaziergang mit ihm zu machen, und er willigte ein, obwohl es draußen schon dunkel war. Arm in Arm spazierten sie durch das Viertel. Herr Bruno schwieg die meiste Zeit, nur manchmal zeigte er auf einen Ort und erzählte, dass dort früher die Molkerei gewesen oder dass er hier zur Schule gegangen sei. Der Dichter des Sempacherliedes war hier Lehrer, sagte er und zeigte auf eine Gedenktafel. Bianca sagte, sie kenne das Lied nicht, und Herr Bruno sang mit brüchiger Stimme:

Wir singen heut ein heilig Lied,
Es gilt dem Helden Winkelried.

Bianca musste lachen, und Herr Bruno lächelte traurig.

Bei ihren nächsten Besuchen taute er immer mehr auf, und schließlich fing er an zu reden. Sie spazierten wieder durch das Viertel, und er erzählte, dass er sein ganzes Leben lang zurückgewiesen worden sei. In der Schule habe man ihn gehänselt, weil er Italiener sei und noch dazu so klein und schlecht im Sport. Dabei sei er ein guter Schüler gewesen. Später habe er Steward werden wollen bei der Swissair, aber dafür sei er zu klein gewesen. Und für ein Studium habe das Geld nicht gereicht. Er habe froh sein müssen, eine Lehrstelle als kaufmännischer Angestellter zu finden. Eine Freundin habe er nie gehabt und richtige Freunde eigentlich auch nicht. Noch nicht einmal als Blutspender könne man ihn brauchen, sagte er, er müsse Medikamente nehmen wegen einer Prostatavergrößerung.

Er schien sich alles von der Seele reden zu wollen, und Bianca hörte zu, ohne viel zu sagen. Als er schwieg und stehen blieb, sah sie, dass er Tränen in den Augen hatte. Sie legte ihm den Arm um die Schultern wie einem Kind und drückte ihn an sich. Da merkte sie, dass sich etwas veränderte in ihr.

Ich stand immer noch mit Bianca unter dem kleinen Vordach des Lokals. Es regnete, und es war kalt. Trotzdem hatten wir uns eine zweite Zigarette angezündet und rauchten schweigend. Was ist aus ihm geworden?, fragte ich. Mit der Zeit ging es ihm etwas besser, sagte sie. Aber er war ja schon sechzig. Er ist vorzeitig in den Ruhestand getreten. Stimmt, sagte ich, ich kann mich erinnern. Wir haben doch für ein Abschiedsgeschenk gesammelt. Was war das noch mal? Eine Städtereise nach Barcelona, sagte Bianca. Sie sagte, sie habe Bruno noch eine Weile getroffen, aber seit sie einen Freund habe, sehe sie ihn nicht mehr oft. Vor zwei Jahren sei seine Mutter gestorben, und er sei umgezogen in eine kleinere Wohnung. Ich glaube, es geht ihm gut, sagte sie. Er ist ständig unterwegs. Gerade vor ein paar Wochen habe ich eine Ansichtskarte von ihm bekommen, aus Málaga. Ein paar von uns haben damals tatsächlich geglaubt, du hättest was mit ihm, sagte ich und musste lachen. Bianca schwieg und lächelte verträumt. Dann drückte sie ihre Zigarette aus und sagte: Und wenn? Wenn ich etwas gelernt habe in meinem Leben, dann, dass in der Liebe nicht die Erfahrung zählt, sondern die Hingabe.

Schiffbruch

> »Kein Zustand auf der Welt ist so elend und arm, um darin nicht auch etwas Gutes erkennen zu können.« *Daniel Defoe*

Zum Dessert hatte Richard die Heidelbeeren mit Sellerie, Gurke und Ingwer genommen. Das Essen war ein Traum, sagte er zum Küchenchef, der an seinen Tisch getreten war, um ihn zu begrüßen. Richard stutzte. Früher haben wir von anderen Sachen geträumt, nicht wahr? Der Koch lächelte höflich und sagte, er wünsche Herrn Gerster einen schönen Tag.

Richards Handy hatte während des Essens ein paarmal geklingelt, jetzt erst nahm er es ab und trat an die Brüstung der Terrasse. Es war seit Tagen sehr heiß, die Stadt und der See lagen im Dunst, die Berge waren nicht zu sehen. Von der unteren Terrasse drang Musik herauf, und obwohl Richard den Margin Call erwartet hatte, verstand er erst nicht, was sein Broker ihm mitteilte. Sprechen Sie Klartext, sagte er, stellte ein paar kurze Fragen und hängte dann auf.

Im Zimmer lagen aufgeschlagene Zeitungen herum, Ausdrucke von Newslettern, auf dem Bildschirm des Laptops waren mehrere Fenster mit Charts geöffnet. Richard hatte dem Zimmermädchen befohlen, nichts anzufassen, jetzt räumte er selber auf, warf alle Unterlagen in den Papierkorb und fuhr den Computer herunter. Dann zog er sich aus, schlüpfte in den Bademantel und ging in den Spa im Untergeschoss.

Er war jedes Jahr ein paarmal im Dolder, wenn er nach Zürich kam, um sich mit den Leuten von der Bank zu treffen. Die Sitzungen dauerten nie lange, sie dienten eher der Beziehungspflege. Richard verwaltete sein Vermögen selbst und gab die Aufträge per Telefon durch. Ein einziges Mal hatte Silvia ihn begleitet, aber sie hatte sich gelangweilt und ihn danach gefragt, weshalb er kein Hotel unten in der Stadt nähme, das wäre doch viel bequemer. Den Wellnessbereich benutzt du ja ohnehin nicht. Es ist das beste Haus am Platz, sagte Richard, als sei das eine Erklärung. Das nächste Mal fuhr er wieder allein.

Das Schwimmbecken war leer. Richard schwamm ein paar Bahnen und trat dann ins Freie zu den Whirlpools. Auf einem der Liegestühle, die im Schatten von Sonnenschirmen standen, lag eine braun gebrannte junge Frau in einem goldfarbenen

Bikini und blätterte gelangweilt in einem Modemagazin. Richard zog einen der Stühle aus dem Schatten und legte sich hin. Er konnte sich nicht erinnern, wann er das letzte Mal so an der Sonne gelegen hatte. Seine Haut war weiß, sein Körper untrainiert und gezeichnet vom vielen Essen und vom Alkohol. Die Strahlung brannte auf seiner Haut, und der Schweiß lief ihm über die Stirn. Nach vielleicht einer halben Stunde legte sich ein kahlköpfiger Mann zur Frau im goldenen Bikini. Die beiden sprachen Russisch. Richard kühlte sich in einem der Wasserbecken ab.

Als er sich den Fitnessraum anschaute, trat eine der jungen Frauen vom Empfang zu ihm. Soll ich Ihnen etwas erklären?, fragte sie. Richard schaute sich die furchterregenden Geräte an und schüttelte den Kopf. Ich wollte nur schauen, was ich mir all die Jahre erspart habe, sagte er. Die Angestellte sagte, sie böten auch Fitnesskurse an, Pilates, Antara, Body Pump. Richard sagte, er wisse noch nicht einmal, was das sei. Yoga?, schlug sie lächelnd vor. Er schüttelte den Kopf und bedankte sich.

Den Rest des Nachmittags verbrachte er damit, sich die Kunstsammlung des Hotels anzuschauen. Dutzende Male war er an den Gemälden vorbeigegangen, die überall im Haus hingen, aber erst jetzt schien er sie wahrzunehmen. Die längste Zeit blieb er vor ein paar Pappschildern stehen, die der

Künstler Bettlern abgeschwatzt haben musste und in goldene Rahmen gesteckt hatte. TRAVELIN' BROKE AND HUNGRY. ANYTHING HELPS, stand auf einem. Die Freiheit der Bettler hatte ihn immer beunruhigt.

Er dachte daran, dass er Silvia anrufen musste, um ihr zu sagen, was geschehen war. Dass er einen Lombardkredit auf dem Wertschriftendepot aufgenommen und das ganze Geld mit Währungsspekulationen verloren hatte. Achtzig Millionen verspielt in weniger als zwei Wochen. Wenn er nicht innerhalb von vierundzwanzig Stunden zehn Millionen beschaffen würde, würde die Bank das Depot verwerten und die Konten sperren. Das Geld war unmöglich aufzutreiben. Das Haus würde versteigert werden, das Ferienhaus. Weiter mochte Richard gar nicht denken.

Er setzte sich auf einen der Sessel in der Lobby. Der Raum war voller Pensionäre aus den USA, vermutlich gehörten sie zu einer Reisegruppe. Sie tranken Bier und unterhielten sich lautstark über die Luxusuhren, die sie gekauft hatten, über den schwachen Dollar und die unerträgliche Hitze. Richard kam sich vor wie ein Betrüger, ein Eindringling, der hier nichts mehr zu suchen hatte. Als der Kellner zu ihm trat und fragte, ob er etwas wünschte, schüttelte er den Kopf und stand auf.

Er ging in die Bibliothek und schaute die Regale durch, lauter Reiseberichte, Expeditionstagebücher und prächtige Bildbände über ferne Weltgegenden. Er musste an seinen Landschaftsarchitekten denken, der einmal gesagt hatte, Lesen sei das letzte Abenteuer. Mitten zwischen den glänzenden Bänden stand ein unscheinbares Taschenbuch, *Robinson Crusoe* von Daniel Defoe. Richard hatte es als Jugendlicher gelesen und über alles geliebt. Eine Zeitlang hatte er mit dem Gedanken gespielt, zur See zu fahren, aber dann hatte er Jura studiert, um später die Kanzlei seines Vaters zu übernehmen.

Den Rest des Nachmittags verbrachte er lesend in seiner Suite. Er annullierte die Tischreservation für den Abend und bestellte sich ein Clubsandwich und eine Flasche Wein aufs Zimmer. Er war so gefesselt von der Geschichte, dass er das Buch während des Essens neben den Teller legte und weiterlas.

Mitten in der Nacht wachte Richard auf. Er trat auf den Balkon. Es war immer noch warm, obwohl es lange nach Mitternacht war. Die Lichter auf der anderen Seite des Sees flimmerten, entlang des Ufers war das Blinken der Sturmwarnung zu sehen. Noch nie war ihm die Schönheit der Aussicht so bewusstgeworden. Es kam ihm vor, als befinde er sich wie Robinson auf einer einsamen Insel, von der es kein Entkommen gab.

Er legte sich wieder ins Bett und nahm das Buch vom Nachttisch. *Es war unnütz herbeizuwünschen, was nicht zu haben war*, die Stelle hatte er sich mit Kugelschreiber angestrichen, *und dieser Gedanke war es, der mich zur Arbeit antrieb.*

Als es dämmerte, saß Richard am Schreibtisch, vor sich eine Liste der Vor- und Nachteile seiner Situation, wie auch Robinson sie verfasst hatte. Ich habe alles verloren. Ich bin ruiniert, stand in der Spalte mit der Überschrift Schlimm, und gleich daneben in der Spalte, über die er Gut geschrieben hatte: Aber ich bin am Leben.

Auf dem Bett hatte er alle seine Habseligkeiten ausgebreitet, dazu den Inhalt der Minibar und der Früchteschale, die Toilettenartikel aus dem Bad, die zwei Regenschirme aus dem Schrank. Sogar die alten Zeitungen hatte er aus dem Papierkorb geholt und dazugelegt, man wusste nie, wozu man sie noch brauchen konnte. Er erstellte eine Liste aller Gegenstände, die er besaß, und empfand plötzlich eine grundlose Zuversicht.

Die nächsten Tage verließ Richard das Zimmer nicht. Da das Bett belegt war, richtete er sich auf dem Sofa einen Schlafplatz ein. Die Reste der Mahlzeiten, die er sich aufs Zimmer bringen ließ, wickelte er sorgfältig in Kleenex und legte sie zu den Vorräten auf dem Bett. Er las die meiste Zeit im *Robinson* oder saß auf dem Balkon und schaute in die Ferne. Das Handy hatte er ausgeschaltet, nachdem es dauernd geklingelt hatte. Wenn die Rezeption einen Anruf durchstellen wollte, sagte er, er habe keine Zeit.

In der Nacht tobte ein heftiger Sturm, am nächsten Tag war der Himmel bewölkt, und es blieb kühl, auch nachdem die Sonne hervorgekommen war. Der Sommer schien endgültig vorbei zu sein. Kurz nach zehn klopfte der Hotelmanager an Richards Tür und verlangte, ihn zu sprechen, aber Richard ließ ihn nicht herein und antwortete nicht auf die Fragen und Bitten, die gedämpft durch die Tür drangen. Am Mittag erschien der Manager mit dem Kellner, der das Essen brachte. Richard bat ihn mit scharfer Stimme, das Zimmer zu verlassen. Als er wieder allein war, verbarrikadierte er die Tür. Von nun an ließ er sich keine Mahlzeiten mehr bringen und lebte von den Vorräten, die er angelegt hatte. Als sie aufgebraucht waren, wickelte er sich in den Bademantel und setzte sich auf den Balkon, den Blick immer auf den Horizont gerichtet, als könnte dort ein Schiff auftauchen, um ihn aus seiner misslichen Lage zu befreien. Robinson hat achtundzwanzig Jahre durchgehalten, dachte Richard, das Abenteuer hat gerade erst begonnen.